U0097716

新編賴和全集

新詩卷

Sin-pian
Luā Hô
Tsuân-tsi̍p

(一)　第三百三十二號　臺灣新民報　昭和五年九月廿七日（第三種郵便物認可）

漢詩詩界

本庄紀念徵詩

日月潭櫂歌（五）

同宗林南強先生合韻

光暖

中國留日學生與日貨（中）

上海　念遠

（五）在教育界的地位

（六）在實業界的地位

讀者信箱

給竹山陳吉祥一張信

竹東　赤日

論壇

臺灣演劇的管見（四）

少岳

五、演劇的要件

六、結論

餘錄

〈流離曲〉第四部分，《臺灣新民報》，1930年9月27日。刊出時因新聞檢查未通過，標題、作者、內容全數被刪除，現據手稿補回。

〈農民謠〉，《臺灣新民報》，1931年1月1日。刊出時附有李金土創作之樂譜。

〈南國哀歌（下）〉，《臺灣新民報》，1931年5月2日。刊出時因新聞檢查未通過，後半段文字遭到刪除，現據手稿補回。

序一

　　爲什麼我們重新出版賴和？

　　雖然「賴和全集」已經歷數次出版，最早始於 1979 年李南衡主編、明潭出版社的《賴和先生全集》，而後是 2000 年臺灣省文獻委員會與賴和文教基金會攜手出版《賴和手稿集》五冊，以及同年 6 月林瑞明主編、賴和文教基金會策劃、前衛出版社出版的《賴和全集》全套六卷再度問世，但一次又一次的整理、編輯，這位臺灣文豪的面貌才越來越完整。

　　賴和幼時飽讀漢學，青年時期卻迎向新文學的時代浪潮，竟能將一顆暖心注滿兩個迥異的文學世界，而且都扎實綻放無比文采，確是臺灣第一人。即使百年之後再讀，賴和的文學成果依然令人動容，研究及閱讀的需求亦是有增無減。因此，國立臺灣文學館於 2018 年啓動《新編賴和全集》編纂計畫、2019 年完成內容編纂，而今完滿出版。

　　這套2021年版的《新編賴和全集》分爲漢詩卷、小說卷、新詩卷、散文卷與資料索引卷。新編漢詩卷，詳盡記錄了手稿、筆記的所有整齊與潦草的文字、安定與不確定的思緒，也精心保留了賴和費心改字易句的痕跡，更能體察落筆當下的多

變心境。新編小說卷、新詩卷、散文卷也重新整理，較以往版本多加了注釋，每一篇作品也做版本說明，另將重要人物、事件加了釋義，將臺語、日語字詞添上標音與釋義。

　　新編資料索引卷呈現賴和生平、經歷、文學活動相關的圖像。其中有一個隱藏版小軼事。多年來，賴和文教基金會典藏的賴和手稿，其實一直缺了一卷———這是因為，林瑞明與羅鳳珠兩位教授整理賴和手稿之時，都沒發現手稿第七卷其實已隨詹作舟文物進了臺文館，化名編號NMTL20110270251，靜靜躺在典藏庫房之間。這一回文物重整，真實身分才恢復、重編至賴和漢詩第二十卷之中，呈現於新編資料索引卷。兜轉一圈，失落多年的手稿終在這套全集相逢。

　　賴和畢生追求自由、平等與人權，在他過世後的七十多年，雖然多數已經實現，但臺灣人如何在殖民地長出這樣的花朵，仍是一個驚奇。國立臺灣文學館曾在2019年以賴和漢詩手稿〈別後寄錫烈芸兒〉製成抵擋驟雨的雨傘，今年再推動賴和文學力道加足前進。從他雜揉的語言、深邃的思想、耐人尋味的故事布局，我們不會忘記在時代進步的同時，更須追尋人們的幸福。這是新編賴和全集的意義，也是重新閱讀賴和的理由。

國立臺灣文學館　館長　蘇碩斌

序二

　　《新編賴和全集》終於要出版了！

　　1976年，梁景峰先生在《夏潮》雜誌發表〈賴和是誰？〉介紹賴和。

　　1979年，李南衡先生主編《日據下臺灣新文學・明集1：賴和先生全集》出版。

　　1991年，彰化市闢建中民街，拆除部分舊家房舍，改建大樓，並將其中一層作為賴和藏書及文物、手稿典藏之處，曰「賴和書室」。

　　1994年，賴和百歲冥誕之前，家父賴燊邀集林瑞明老師、陳萬益老師、呂興昌老師研商成立賴和文教基金會，作為推動紀念館舉辦活動的運作指導及經費來源。

　　其後，舉辦各種藝文及醫療服務講座、文學營，出版活動相關內容及紀錄，頒發文學獎、醫療服務獎。

　　那些年，社會瀰漫一股要衝破迷障的底層動力。基金會董事及參與活動的朋友們，充滿推動臺灣文化風氣、再造臺灣新文化運動的期待，共同找尋臺灣典範人物及臺灣精神指標，建立臺灣國民意識的使命。

　　2000年，林瑞明老師獨立投入數十年研究賴和，出版《賴和全集》及《賴和手稿集》。

　　其後，陳建忠老師等多位學者，投入臺灣文學研究，賴和研究更加深化，也發現更多遺漏的賴和作品，以及先前出版《賴和全集》的錯誤。

　　2017年，「自自冉冉」事件，更深化《新編賴和全集》的想法。時任國立臺灣文學館館長的廖振富老師，適時推動成就此事。感謝文化部、臺文館的重視與支持。

　　2021年，出版《新編賴和全集》。適逢臺灣文化協會成立百年前夕，自有其巧合的深意。

　　感謝編輯團隊和基金會董事、同仁、志工，無怨無悔的付出，讓紀念館和基金會正常運作，繼續一棒接一棒傳承、發揚、創新臺灣文化發展工作。

賴和文教基金會創辦人
賴和長孫　　賴悅顏

序三

　　賴和生於1894年，當時臺灣仍屬大清版圖；但翌年日清戰爭後，日人領臺。賴和於1943年，也就是在二戰終戰前夕逝世，因此終其一生，本是客屬人賴和的國籍是日本，也造成賴和對國籍與民族認同產生相當大的困擾。

　　由於賴和自幼（1903年）就讀私塾學習漢文，1907年另外拜黃倬其為師，學習漢文經典，遂奠定舊文學的深厚根柢，更成為其日後寫作的基礎。1918年，賴和遠渡廈門行醫期間，因受到中國五四運動的衝擊，深感文學不該是菁英階層的專利，更受到中國白話文運動的影響，返臺後致力於推動臺灣新文學運動。

　　賴和本職是醫生，卻在文學領域裡發光發熱，留下盛名；他的同輩楊守愚稱他是「臺灣新文藝園地的開墾者」，曾經主編新潮文庫的醫生文人林衡哲更尊稱賴和為「臺灣現代文學之父」。如今，賴和亦被普遍稱為「臺灣新文學之父」。

　　二戰終戰前（1943年），賴和重病入住臺大醫院，友人楊雲萍前往探訪，他躺在病榻上感慨地說：「我們所從事的新文學運動等於白做了。」楊雲萍當時安慰他說：「不，等過了

三、五十年後，我們還是一定會被後代的人記念起來的。」果然於1994年，賴和的長孫賴悅顏先生成立了賴和文教基金會，使我們的社會得以從近乎無知的狀態重新去認識這位臺灣文壇的前輩。2000年，臺灣第一次政黨輪替後，執政黨首度將賴和作品收錄於高中國文課本中，引發了諸多學者與青年學生研究賴和作品的熱潮；其中，重中之重當屬前成功大學歷史系教授林瑞明獨立編纂的《賴和全集》。

　　林瑞明老師當年編纂全集的過程異常艱辛，首先由賴悅顏先生將賴和後嗣所珍藏之手稿捐出，由於年代久遠，有些作品已成「斷簡殘篇」或是字跡模糊。但經林瑞明老師一字一句的辨認校對之後，終於使《賴和全集》得以於2000年6月付梓問世。

　　2017年，總統府的春聯、紅包袋上的賀詞「自自冉冉幸福身，歡歡喜喜過新春」，原欲引用賴和詩句，寄意國家漸進改革、穩健轉型之意象，也藉此祝福全體國人在整年為家事辛勞之餘，能夠歡喜自在並與親人團聚過個幸福好年。唯「自自冉冉」一詞，引發各界熱議；學界有人認為「自自冉冉」可能係編纂全集的過程中，因年代久遠、筆跡難認所致之誤寫，應該是「自自由由」才對；但是無論如何，都令人肯定總統選擇賴和作品，作為向全民祝福的賀歲春聯之美意；另外，也因為此一爭議，讓「賴和」的能見度在全臺灣迅速拉高，也使更多國人瞬間熱切地去親炙賴和的文學作品。

　　近年來，國人對賴和文學的認識逐步提高與深化，為提供臺灣社會對賴和作品有更好的閱讀文本以及更完善的研究文

獻，賴和文教基金會與國立臺灣文學館攜手投入更多的人力、物力，重加編校、注釋與解說，出版《新編賴和全集》及撰寫「賴和傳記」。在此要感謝國立臺灣文學館之策劃，國立成功大學臺灣文學系蔡明諺教授之主持編纂計劃，許俊雅教授、陳家煌教授及呂美親教授之共同編纂，以及諸多教授前輩之參與審定、協助。也感謝基金會白佳琳小姐、張綵芳小姐之協助，最後還要感謝前衛出版社之慨允出版，使此著作得以新面貌呈現在國人眼前。

賴和文教基金會董事長

總序

　　賴和（1894-1943），字癸河，號懶雲，彰化市市仔尾人。少年時曾在黃倬其擔任塾師的小逸堂學習漢文，1909年就讀臺灣總督府醫學校，1914年畢業，在學期間寫有大量漢詩作品。賴和最初整理自己的漢詩創作，是在1923年秋冬之際。1923年11月15日，賴和日記載明正在整理漢詩舊稿，另有十篇小說撰寫計畫「皆約略在腦裡，未暇剪裁成幅」。賴和當時謄抄整理的漢詩，大概就是現存漢詩手稿第一卷、第三卷與第五卷。十篇小說計畫只有〈僧寮的爛丐〉與現存手稿〈僧寮閒話〉相近，其餘諸篇可能皆散入後來的小說創作中。

　　1925年春，賴和暫停了漢詩發表，轉而投入新文學創作；至1936年春，賴和恢復發表漢詩，幾乎停止新文學創作，賴和的新文學時期總共十年。賴和發表的第一篇新文學創作，是1925年8月登載於《臺灣民報》上的〈無題〉；最後一篇則是1935年12月登載於《臺灣新文學》上的〈一個同志的批信〉。而對於賴和新文學作品的第一次整理，則是在此稍後的1936年夏季。

　　1936年6月21日，王詩琅為撰寫〈賴懶雲論〉，寫信給楊

守愚商借賴和創作原稿，但遭到賴和拒絕。賴和說：「代表作家？很慚愧的，我不敢當，還是寫別的吧。要是想寫懶雲論，那麼，等我死了才寫吧。」對於創作原稿，賴和則是主張：「我的作品，要是有保存價值，就讓後人去搜集，不然，就任牠湮滅去。」但在幾度接洽後，6月24日，賴和同意提供材料給王詩琅參考。楊守愚逐搜集、整理賴和曾經發表過的新文學作品，並且認為應該讓堂郎（賴賢穎）「著手把這些作品抄錄保存不可」。6月27日，王詩琅再次去信詢問「賴和先生處女作小說、年齡、畢業醫學時之年齡和什麼年、性格和奇異的行動、全面貌最顯然的代表作、雅號等」問題。楊守愚就此問過賴和，再與黃朝東、賴賢穎等人討論後正式回信答覆王詩琅。由此可知，1936年8月王詩琅發表的〈賴懶雲論〉，是集合了包括賴和在內的彰化文人共同參與的結果。

　　賴和過世之後，1943年4月，在《臺灣文學》製作的「賴和先生追悼特輯」中，朱點人曾經呼籲要編輯出版《賴和全集》，並設立「懶雲文學獎」；該刊編輯部同時預告將刊出張星建撰寫的「賴和傳記」，但這些倡議當時都未能獲得執行。

　　戰後，賴和手稿由其長子賴燊收藏保管。1973年左右，賴燊曾整理、抄寫賴和漢詩寄給楊雲萍，此即《賴和手稿集》漢詩第十三卷謄寫在「懶雲遺稿」上的作品。1979年3月，在賴和哲嗣賴燊、賴洝的協助下，李南衡主編《賴和先生全集》出版。這本書建立了往後編輯賴和文集的基本體例，一是文類分卷的編排架構，一是對於日文與臺灣話文的字詞注釋。前衛出版社在1990年印行的《賴和集》，以及2000年出版的《賴和全

集》，基本上都採用了李南衡所設定的文類框架與注釋。

1979年出版的《賴和先生全集》，在臺灣文學史上展現了重要的傳承意義。引領李南衡走入臺灣文學史料的王詩琅，正是1936年〈賴懶雲論〉的撰寫者。在1936年的文章中，王詩琅說：「實際臺灣の新文學が今日の隆盛を來したのは、彼に負ふ所や尠しごしない。ご云ふよりは彼は一方の育ての親であるご云つた方が適當であらう。」1979年，李南衡把這句話翻譯爲：「事實上，臺灣新文學能有今日之榮盛，賴懶雲的貢獻很大。說他是培育了臺灣新文學的父親或母親，恐怕更爲恰當。」後來爲人們所熟知的賴和是「臺灣新文學之父」的說法，即來源於此。

1985年12月，林瑞明發表〈賴和與臺灣新文學運動〉，這是他漫長的賴和文學研究正式展開的起點。林瑞明畢業於臺大歷史所碩士班，其指導老師是賴和的同時代作家楊雲萍。1991年，賴燊在彰化成立賴和圖書室，將其所藏賴和資料提供外界閱覽，林瑞明即在賴悅顏的協助下，得以直接研究賴和手稿。1993年8月，林瑞明總結其成果，出版《臺灣文學與時代精神：賴和研究論集》，此書同時建立了其後來整理賴和手稿的體例基礎。

1994年，爲紀念賴和百歲冥誕，賴和文教基金會於1月成立。同年6月，林瑞明整理的《賴和漢詩初編》，以及賴和紀念館編輯之《賴和研究資料彙編》，由彰化縣立文化中心出版。這兩本書代表了林瑞明整理賴和手稿工作的階段性成果。同年11月，清華大學陳萬益、呂興昌舉辦「賴和及其同時代作

家」國際研討會，以賴和爲代表的臺灣文學研究正式邁入學院的高牆內。1995年5月，賴和長子賴燊、長孫賴悅顏在賴和醫院舊址新建和園大樓，設立賴和紀念館之新館，典藏並公開賴和手稿及相關文獻資料。

2000年5月，《賴和手稿影像集》由臺灣省文獻委員會與賴和文教基金會出版；同年6月，《賴和全集》由前衛出版社發行。這兩套書是互爲表裡的賴和文學作品全集，由林瑞明擔任主編，陳薇君擔任執行編輯。《賴和手稿集》共有四冊，分別爲「漢詩卷」（上、下）、「新文學卷」、「筆記卷」，另有一冊《賴和影像集》。這套全彩印刷的書籍，以「圖片」作爲媒介，清楚、直接地呈現了賴和在手稿上寫作與修改的過程。《賴和全集》則是對賴和文學作品進行重新排版與整理，全書依序爲「小說卷」、「新詩散文卷」、「雜卷」、「漢詩卷」（上、下），並於隔年發行「評論卷」。整體而言，《賴和全集》的編輯是建立在對《賴和手稿集》整理的基礎上所完成。不管是在傳統漢詩文或者新文學作品的數量與質量上，2000年的《賴和全集》都更全面而且完整地呈現了賴和文學創作的風貌。但由於賴和手稿有反覆塗抹、修改的情況，部分內容還受限於草寫字體、墨水暈染、紙張殘缺等問題，因此在辨識與校勘上，當時確有相當的困難。

2001年，陳建忠以《書寫臺灣，臺灣書寫：賴和的文學與思想研究》獲得清華大學博士學位，這是賴和研究在學院內開花結果的標誌性成就。陳建忠對賴和文獻資料的採集蒐羅，有部分已被收錄在《賴和全集》的「雜卷」之中。2003年，元智

大學羅鳳珠與清華大學陳萬益，共同主持「賴和數位博物館」計畫。這項工作以資料庫設置的概念，將賴和的文學手稿、刊稿、照片、醫學筆記等逐一編號命名，重新翻拍並建立影像資料，完成了翔實可供檢索的賴和文學數位化檔案。

　　2018年初，在國立臺灣文學館與賴和文教基金會的合作下，「新編賴和全集」計畫開始再一次重新整理賴和文獻資料。此次工作是以2000年林瑞明主編的《賴和全集》、《賴和手稿影像集》，以及2003年羅鳳珠、陳萬益建立的「賴和數位博物館」資料庫為基礎，對於賴和的文學手稿、刊稿，與相關文獻資料，進行全面的清查、校對。歷年來賴和文獻整理工作既已形成的編輯傳統：文類分卷與字詞注釋，在此新編中仍接續保留。新編賴和全集的計畫目標，還是延續著多年以來臺灣文學研究者共同努力的方向，那就是推廣賴和文學，提供給一般讀者更能夠親近閱讀的賴和文本。

　　「新編賴和全集」工作小組由賴和文教基金會吳潮聰董事長為召集人，蔡明諺為計畫主持人（新詩卷、散文卷、資料索引卷），許俊雅（小說卷）、陳家煌（漢詩卷）、呂美親（臺語文、日文注釋）為共同主持人，蔡佩容為編輯助理，張綵芳為專案助理。賴悅顏、林瑞明（2018年11月過世）、陳萬益、施懿琳、呂興忠等先進前輩擔任顧問並參與諮詢會議。在專案審查過程中，呂興昌、廖振富、黃美娥、李漢偉等諸位委員曾提供許多精闢的修改建議；而在文字材料的判讀上，莊千慧、李承機曾給與非常重要的協助，陳淑容則提供了數筆未曾面世的文獻資料，他們的鼎力幫忙尤其讓人感念。國立臺灣文學館

廖振富館長、蘇碩斌館長，研究典藏組許惠玟組長、林佩蓉組長以及王雅儀承辦人，先後對於本案表達了充分的支持與包容。賴和文教基金會周馥儀執行長、白佳琳執行長在行政庶務上給與即時而必要的協助，前衛出版社主編鄭清鴻在出版編輯上提供許多專業的建議。這些工作都是群策群力所完成，並非單憑一己之力所能達到。我們感激賴和家屬長年來為臺灣守護賴和手稿，我們緬懷林瑞明老師、羅鳳珠老師，感謝李南衡老師、陳萬益老師，繼續支持陳建忠老師，並且感念歷年來為賴和文獻的整理工作付出心力的所有的人們。

　　賴和是根植於臺灣民間的漢詩人、新文學作家，希望《新編賴和全集》同樣也可以跑向民間去。

「新編賴和全集編印計畫」主持人
國立成功大學臺灣文學系副教授　

新詩卷編輯凡例

一、《新編賴和全集》共分爲五卷，依次爲：漢詩卷、小說
　　卷、新詩卷、散文卷、資料索引卷。

二、本書爲新詩卷，收錄賴和新詩之「稿本」及「刊本」。稿
　　本，即賴和撰寫於稿紙或筆記本上之作品。刊本，即公開
　　發表於報章、雜誌或單行本上之作品。

三、新詩作品以稿本寫作或刊本發表時間依序排列。其中，
　　〈日光下的旗幟〉爲林克夫創作，但經賴和修改後發表；
　　〈辛酉一歌詩〉爲楊清池彈唱，賴和記錄，楊守愚整理；
　　〈臺灣〉查無稿本，以上皆置於卷末作爲「附錄」。

四、作品原無標題者，由編者擬題，並以符號〔〕表示。標題
　　之後，詳列作品版本以供參考，並標示正文採用底本。正
　　文之後有「版本說明」，內容爲作品刊本發表狀況，稿本
　　書寫狀況，以及其他對於該作品必要之說明。

五、賴和書寫時慣用的行草字、俗字、異體字等，改爲現在通
　　行的繁體字。例如「已、己、巳」，「拆、折」當時行文
　　不分，編者皆依上下文意改正。若有特殊用法，例如表示
　　發音的古字、翻譯名詞等，則保持賴和用字原貌。如有錯

字、誤植、衍字，則以符號〔　〕表示編者之訂正。

六、標點符號爲方便閱讀，皆改爲新式標點。正文中有缺字、脫落字，或字跡塗抹修改，以致無法辨識者，以符號□表示。若爲賴和使用之特殊符號，則予以保留。例如符號（　）之內文，是賴和加註的說明。符號○或×，是原稿用以表示空格或分隔線。

七、注釋置於頁尾，正文提及之人物、事件擇要加上釋義，臺灣話文、日語借詞則加上釋義及標音。臺語標音採用2006年教育部公告之《臺灣閩南語羅馬字拼音方案》（臺語字第 0950151609號）。注釋詞目於每卷第一次出現時加注，重出不另加注。例：

　　　【臺灣話文】日頭：jit-thâu，太陽。
　　　　　　　　　保惜：pó-sioh，珍惜、愛惜。

　　　【日語借詞】護謨：ゴム，gooh-muh，橡膠。
　　　　　　　　　無斷：むだん，bû-tuān，未取得承諾或許可、擅自。

八、爲符合當代數位化資訊呈現方式，本書版面一律採用橫式編排。

目次

新詩卷導讀

蔡明諺

國立成功大學臺灣文學系副教授

一、漢詩手稿裡的新詩

目前可知賴和留下最早的新詩創作，是1922年2月11日在日月潭遊歷所寫的〈譯蕃歌二曲〉。其中第一首歌詞，即臺北師範學校助教授張福興約略同時採集到的水社原住民歌謠〈來遊ヲ誘フ歌〉；而第二首歌詞，賴和則解釋因為「同舟有吏在，不能強之盡曲，且意味亦不明瞭，只由一端而演譯之，非本歌之意」。由此可知第二首「蕃歌」，實際上是賴和「演繹」之作，而非原歌曲之翻譯。此即賴和創作的第一首新詩。

從今日的眼光看起來，賴和創作的「蕃歌」，仍然帶有文言的句式，例如「下臨谿谷深，上無人行路」，還是近似於傳統漢詩的五言排比句。但整體而言，賴和確實是在嘗試新文學寫作，例如「兄弟們、耐點兒苦、我們」等接近口語詞彙的使用。在寫作形式上，賴和的「蕃歌」呈現兩個特點：第一個特點是其詩作首、尾押「豪」韻，中間（兄弟們一句）轉用「戈、過」韻，這種通篇押韻的形式可能是在刻意保留或模仿「歌曲」形式，但其中「轉韻」的作法也可見於傳統漢詩的敘

事詩寫作。第二個形式上的特點是，賴和「蕃歌」已經出現了「跨行」的句子，此即第8行（一步步攙扶過）到第11行（好空闊），賴和採用了「破折號」斷句的分行寫作。傳統漢詩並沒有「跨行」的作法，這是舊詩與新詩之間一個明顯的差異。寫作形式之外，賴和「蕃歌」在主題內容上有更為重要的意義。在這首詩作的結尾，賴和明顯是站在原住民的立場，感嘆甚至是質疑漢人作為「優勝者」的自豪姿態。

賴和與早期臺灣新詩寫作時間對照表

作者	篇名	寫作時間	發表時間/刊物
賴和	譯蕃歌二曲	1922.2.11	未發表
張耀堂	臺灣に居住する人々に	不詳	1922.8.1臺灣教育
張耀堂	展覽會に際して	1922.6.25	1922.8.1臺灣教育
賴和	祝南社十五周年	1923.3.4	未發表
追風	詩の眞似する	1923.5.22	1924.4.10臺灣
賴和	歡迎蔡、陳、王三先生的筵間	1923.5？	未發表
賴和	送虛谷君之大陸	1923.10	未發表
施文杞	送林耕餘君隨江校長渡南洋	1923.11.13	1923.12.1臺灣民報
賴和	草兒	1923.12.15	未發表
賴和	覺悟的犧牲（寄二林的同志）	1925.10.23	1925.12.20臺灣民報

備註：賴和在〈草兒〉寫作之後，〈覺悟的犧牲〉發表之前，寫有新詩共24首。

　　從前述表格可以看出，賴和的新詩創作與早期臺灣新詩作品的時間對照關係。從寫作時間來看，賴和〈譯蕃歌二曲〉可能先於張耀堂〈臺灣に居住する人々に〉；而賴和〈祝南社十五周年〉則明顯先於追風（謝春木）〈詩の眞似する〉。因此，賴和雖然遲至1925年底才開始發表新詩創作，但賴和開始寫作新詩的時間實際上是與張耀堂、追風約略同時。只是賴和是以「白話文」進行新詩創作，而張耀堂、追風皆以「日文」書寫自由詩。如果再與施文杞相較，則賴和以「白話文」創作新詩的時間將更明顯在前。

　　賴和最初的新詩創作，都保留在其漢詩手稿抄本裡。漢詩手稿第六卷（1922）有〈譯蕃歌二曲〉、〈祝南社十五周年〉；漢詩手稿第八卷（1923）有〈歡迎蔡、陳、王三先生的筵間〉、〈送盧谷君之大陸〉、〈草兒〉；漢詩手稿第九卷（1924）從〈感詩〉到〈多數者〉則收錄了23首新詩。如果再加上寫於1925年〈飼狗頷下的銅牌〉，以上前期新詩總數29首，已經佔了賴和全部新詩作品（共61首）將近半數。換句話說，在1925年12月20日正式發表第一首新詩〈覺悟的犧牲〉之前，賴和已經寫出了大半的新詩作品。因此，賴和是在漢詩手稿中，大量地、反覆地練習了新詩寫作之後，才終於發表了〈覺悟的犧牲〉。由這個現象可知，新詩這個文體（相較於小說），在賴和從舊文學（文言）轉入新文學（白話）的過程中，承擔了更為關鍵而且重要的創作轉換實驗。

　　這個轉換時期的新詩作品，最值得注意的是寫於漢詩手稿第八卷（1923）的〈草兒〉，這首詩的標題下有賴和自註「白

話詩、十二月十五日夜作」。這個標記顯示了兩個重要的訊息，首先，這是賴和第一次把「白話」標示為創作的目的，亦即賴和清楚地意識到自己在寫作「白話」文學。這個現象在接續的漢詩手稿第九卷（1924）中將更為明顯，甚至出現在賴和手稿批改者的批評意識中。例如對於新詩〈生活〉，不知名的批改者最後總結說：「思絡不竭，末力不懈。似此方許作白話詩，方許作白話的長篇詩。」這個評語的前半段，近似於「建安風力」說，即《文心雕龍》所謂：「良由世積亂離，風衰俗怨，並志深而筆長，故梗概而多氣。」而這個評語的後半段，除了可以看出手稿批改者的期許，更可以看到賴和對於新詩創作的「想像」。意即賴和不僅要寫「白話詩」，而且是要寫「白話的長篇詩」。往後賴和較為著名的新詩〈覺悟的犧牲〉、〈流離曲〉、〈農民謠〉、〈南國哀歌〉、〈低氣壓的山頂〉等，都具有這種「長篇敘事詩」的特徵。

　　其次，賴和在〈草兒〉標題下自註「十二月十五日夜作」，這些文字應該是後來的補述，標示的時間是1923年12月15日，而且賴和強調的是「當夜」所作，因為幾個小時之後，就發生了著名的「治警事件」。1923年12月16日凌晨，臺灣總督府展開了全臺同步大逮捕，賴和也受到牽連被捕入獄。這個補註時間的動作表明了，對於賴和而言，新詩〈草兒〉是一篇「預言式」的作品，詩中的主要意象「被牛羊踐踏過的草兒仍舊要生長」，準確並且巧妙地喻意了緊接而來即將發生的「治警事件」。但更重要的是，在這首詩中賴和寫出了「草兒『覺悟』似的發出芽來」，這是賴和文學創作的核心概念「覺

悟」的首次登場。「覺悟」是佛教用語，意即「開眞智、得眞理」，對賴和而言，這個概念同時意味著個體的「自覺」與「醒悟」。因此，「覺悟」可以說是賴和對殖民進步主義的反思，及其自覺採取的行動、態度。應該可以認爲，賴和就是帶著「覺悟」投入了新文學創作，參與了新文化運動。在後來的小說〈一桿「穪仔」〉之結尾，迫使秦得參選擇極端行動的力量也是「最後的覺悟」。

　　在「治警事件」獲釋之後，1924年，賴和開始積極地嘗試從文言轉向白話，這就是漢詩手稿第九卷中大量的新詩創作。這些作品中，〈生活〉後來改寫爲〈現代生活的片影〉，發表於1930年10月《現代生活》創刊號；〈日本藝者〉改題爲〈藝者〉，發表於1931年10月24日《臺灣民報》。其餘作品則未見發表。

二、初期發表的新詩

　　1925年8月26日，賴和在《臺灣民報》上發表了第一篇新文學作品〈無題〉。這篇通常被視爲「散文」的虛構故事，其主題爲「幸福」（自由戀愛與封建婚姻的對立），並且套用了傳統漢詩的「詩並序」形式；其實「無題」原本就是傳統漢詩的經典詩題。因此賴和是套用了傳統漢詩的敘事結構，在進行新文學的創作。換句話說，〈無題〉前半部的散文約略等於傳統漢詩的「詩序」，而後半部的新詩則類似傳統漢詩的「正文」。而不管是詩作主題（自由戀愛）還是語言形式（第二小

節的連續排比句、第三小節的擬人化），〈無題〉的新詩都已經是一首完整的新文學作品。

　　〈無題〉登載之後四個月，1925年12月20日，賴和發表了第一首正式的新詩作品〈覺悟的犧牲（寄二林的同志）〉。本詩手稿文末標註寫作時間爲「十月二十三日」，此即「二林事件」大逮捕發生之日。刊本文末標註「一四、一一、一三」，即大正14年（1925）11月13日，應爲修改時間。從內容上來看，手稿與刊本之間在字詞上並無太大的差別，其主要的差異是在形式設計上，即刊本加上了標點符號與分節的數字編號。這些變動尤其關鍵的是分節編號，因爲這個改動讓「一首」篇幅相對較長的抒情詩（共有47行），割裂成爲了「九首」短篇詩作（最長有8行，最少爲3行）。賴和後來的新詩刊本另有幾首分段編號的作品（例如〈流離曲〉、〈新樂府〉、〈農民謠〉），但這些作品的共通性是其手稿皆無分段編號。賴和的新詩手稿唯一有分段編號者是〈寂寞的人生〉，但這首詩並無公開發表。我們現在無法確定〈覺悟的犧牲〉刊本中的分段編號，是賴和自己後來添加的，還是《臺灣民報》編輯者加上去的。但如果對照與其內容性質相近的〈南國哀歌〉，則〈覺悟的犧牲〉應該捨棄分段編號，而以「一首」視之較爲合適。

　　〈覺悟的犧牲〉寫於「二林事件」大逮捕當日，這是一首「用新詩寫時事」的帶有「新樂府」意識的新文學創作。如果和約略一年以前，賴和在此新舊文學交替階段最後一首發表的漢詩〈阿芙蓉〉（1924年11月）相比較，那麼第一首新詩〈覺悟的犧牲〉之特點將更爲明顯。七言古詩〈阿芙蓉〉是由上到

下的、敘事性的大歷史書寫（從明神宗、林則徐寫到後藤新平），新詩〈覺悟的犧牲〉則是個人的、抒情式的、由下到上的發聲。賴和藉此肯定「弱者們」的覺悟，以及由此覺悟所付出的犧牲。

從1925年8月〈無題〉發表之後，到1930年8月「曙光」新詩欄位開闢之前，賴和主要的新文學創作是在小說，而非新詩。這五年之間，賴和只發表了兩首新詩作品。除了〈覺悟的犧牲〉，另一首為〈秋曉的公園〉，1927年7月發表於楊雲萍在東京主編的《新生》雜誌上。這個刊物是「新生學會」的機關誌，該學會於1927年4月5日組成，主要成員有賴和、陳虛谷、吳蘅秋、莊垂勝、葉榮鐘、張星建、楊雲萍等人。從內容上來看，新詩〈秋曉的公園〉在寫九月九日登八卦山遠眺的心境，賴和同樣挪用了漢詩書寫傳統中「重陽登高感懷」的主題，以為新詩之創作。如果說〈無題〉是「舊瓶裝新酒」，意即用詩並序的傳統結構寫新式自由戀愛，那麼〈秋曉的公園〉就是「新瓶裝舊酒」，意即用新詩的白話文形式講述傳統的「悲秋」主題。只是賴和在新詩的結尾處又反轉了「悲秋」，而獲得「暫時的歡樂慰安」。這個曲筆恐怕也是為了「新生」，而憑空添上的花環吧。

三、賴和與「曙光」新詩欄

《臺灣新民報》上的「曙光」新詩欄位，開設於1930年8月2日。但由於該報改為日刊（1932年4月15日）後殘缺不齊，

目前無法得知「曙光」新詩欄最後結束的時間。從目前已知的史料來看，最晚至1933年11月30日《臺灣新民報》上仍保有「曙光」欄位。

根據賴和的墓誌所載，賴和從「昭和元年以降主持民報文藝欄」。但「昭和元年」實際僅爲1926年12月25日至31日，此說或能以1927年1月30日「學藝」欄刊出陳虛谷新詩〈秋曉〉作爲例證，但賴和是否從1926年底即開始主持學藝欄，目前並無其他材料可獲證實。一說賴和從1927年8月1日《臺灣民報》遷臺發行後開始主持學藝欄，但此說仍屬推測。因爲1927年1月3日文協左右分裂後，賴和在傾向上是疏離了舊文協的《臺灣民報》，轉而支持新文協的《臺灣大眾時報》。1928年3月，賴和擔任的是「株式會社大眾時報社」之監察役（監事）與囑託記者。

賴和首次獲聘爲臺灣民報社相談役（顧問），見報於1929年2月3日，此即《臺灣民報》改版爲《臺灣新民報》之前夕。賴和再次獲聘爲臺灣新民報社客員（學藝部），見報於1930年8月16日，與其同時獲聘者另有陳虛谷，這是爲編輯「曙光」欄位所做的人事安排。1930年之後，賴和的新文學創作才明顯大量地出現在《臺灣新民報》上。

1930年7月26日，《臺灣新民報》的編輯者發表〈本報增加版面，刷新內容的豫告〉，其中有關於新設「曙光」欄位之說明：

　　曙光（新詩壇）本社這番增加紙面，特設「漢詩界」

一欄，同時併割一部分要來刊載新詩，特請彰化懶雲、虛谷兩先生主編。臺灣雖是被隔離著的島嶼，卻也時常受到環行世界的狂飆激盪，所以中國文學革命的潮流，是就早著已經把臺灣文學界捲入才應該。可是在幾年前雖曾聽見這樣呼喊，到現在反轉沉默下去，這無的確是研究的人少、無有發表的機會，是一個重大原因。希望對新體詩有研究的人，把所有創作寄來發表。這新開闢的園地，能開放什麼樣的花，能結成什麼樣的果，願大家來試驗的種作一下。凡投稿請直接寄來本社。

這則啟事揭露了幾項訊息。首先，「曙光」新詩欄位是由賴和與陳虛谷共同主編，但事實上協助編輯者還有楊守愚。根據1936年12月12日之楊守愚日記所載，《臺灣新民報》從「週刊民報到日刊發行當初」，楊守愚都實際參與了學藝欄的編輯工作。其次，「新詩壇」與「漢詩界」是相對的設置。換句話說，張我軍式的打倒舊文學、拆除破舊殿堂的先鋒姿態，在此時已經被《臺灣新民報》的編者彌平，甚至後來漢詩欄位（心聲）存在的時間比新詩欄位（曙光）更久。最後，《臺灣新民報》確實注意到新文學的創作已經「沉默下去」，又或許是「沒有發表的機會」，因此需要新闢欄位呼籲新詩作家投稿。

「曙光」是賴和發表最多新詩創作的一段時期，其時間是從1930年8月到1932年1月。這個階段的主要新詩發展，是接續〈覺悟的犧牲〉類型所作的「新樂府」系列詩作，例如〈流離

曲〉、〈新樂府〉、〈南國哀歌〉等，這些「詩題」相較於
〈覺悟的犧牲〉更明顯保有「樂曲」的形式，但實際上已經都
不能入樂了。「曙光」時期的新樂府詩作唯一能入樂者是〈農
民謠〉，1931年1月1日在《臺灣新民報》上刊出時附有李金土
創作的樂譜。但那已經不是「用舊曲填新詞」，而是「用新詞
譜新曲」了。

在新樂府作品中尤其重要者，是1931年4月25日發表的
〈南國哀歌〉，這是為1930年10月17日發生的「霧社事件」而
作。此詩發表時，下半部分因受檢閱未核准而被禁止刊出，但
因有留下手稿，現能補回原文。賴和在詩中強調的仍然是對
「幸福」的追求、鬥爭，以及因「覺悟」走向滅亡的選擇。賴
和展現的是對原住民的敬重（兄弟們，來和他們一拚），而
非淺薄的哀嘆與同情。1931年10月31日發表之〈低氣壓的山
頂〉，同樣是一首值得注意的作品。這首長篇抒情詩延續了
〈秋曉的公園〉那種「登高感懷」的主題，利用連續不斷的排
比句式，展現出陰暗卻壯闊的自然界景象，以及個體對此冷酷
世界的堅決對抗。1931年11月14日發表〈是時候了〉，則是藉
由小說塑造人物對話的筆法，透過「死神」與「我」的對話，
呈現對慈善家虛偽假面的諷刺。賴和在「曙光」欄位上發表的
作品，可以說是達到其新詩創作最成熟的階段。

四、晚期的臺灣話文新詩

1932年1月之後，賴和離開了《臺灣新民報》，轉而在

《南音》、《臺灣文藝》、《臺灣新文學》等雜誌上發表新文學作品。這個階段主要受到鄉土文學論戰／臺灣話文論爭的影響，賴和的新詩轉向使用臺灣話文進行創作。

賴和在轉用臺灣話文進行創作時，最值得注意的是「用舊曲填新詞」的新詩作品，此即〈寂寞（歌仔曲新哭調仔）〉、〈相思（歌仔調）〉，也就是套用「歌仔調」的新詩創作，這些是能夠直接入樂的作品。〈寂寞〉改寫自早期詩作〈寂寞的人生〉，是回憶小逸堂時期的長篇敘事詩。但因為套用「歌仔曲新哭調仔」，整首作品的句式非常整齊（每一小節六句，每句七個字），句尾的押韻也安排得非常完整。這就讓長篇的敘事詩保持著穩定的節奏感，因而保有類似傳統七言漢詩的韻律。

〈相思〉用「歌仔調」寫男女之愛，念起來更像是臺語流行歌曲。與此相近的創作還有〈相思歌〉、〈呆囝仔（獻給我的小女阿玉）〉，雖然沒有標示能夠直接入樂，但從其整齊排列的形式及結構穩定的押韻模式來看，可以說是更接近於「歌詞」的創作。〈相思〉與〈相思歌〉都在表達自由戀愛的意義，這個主題和最初的〈無題〉相同，但賴和完全改用了臺灣話文進行創作。〈呆囝仔〉寫得更像是一首童謠，但在戲謔與管教、責罵之中，仍然可以感受父親對子女的厚愛。賴和的新詩創作中有一系列關於孩童的作品，例如〈兒歌〉、〈兒語〉、〈孩子的可愛〉等，大多表達了類似的對於孩子的情感關懷。1935年2月1日發表在《臺灣文藝》上的〈呆囝仔〉，也是賴和最後一首發表的新詩作品。

　　從〈譯蕃歌二曲〉到〈呆囝仔〉，應該能看出賴和的新詩概念始終是「詩、歌合一」。或者可以說，賴和的臺灣話文新詩主要是從「歌詞」延伸出來的創作，這種類似「民歌」或「民謠」的寫作模式，讓賴和後期的新詩作品保有整齊的形式與穩定的音樂性。而從內容來說，賴和從「新樂府」到「民謠」階段的新詩創作，則始終保留清晰的民間立場與對底層群眾的關懷。

　　1936年1月之後，賴和就停止發表新文學創作。1936年8月，王詩琅發表〈賴懶雲論〉，總結了賴和新文學創作的成果。這篇文章是由楊守愚幫忙整理、提供賴和文稿，並且加入了賴和、黃朝東、賴賢穎等人的討論意見。8月11日，楊守愚收到〈賴懶雲論〉後迫不及待地翻閱，並在其日記中表示了如下的感慨：「此篇，……可說是寫的很不錯，不過，對於賴先生的新詩，絕無申論，到是有些美中不足之感。」從這段記載可以深刻感覺出，作為長期的學藝欄編輯工作的協助者，楊守愚對於賴和新詩創作成果的高度肯定。

　　1943年2月2日，即賴和告別式當日，《興南新聞》登載了〈賴和氏逝去〉消息，表達對賴和的追思。這篇悼念的短文特別強調，賴和發表的「新詩」對於臺灣文藝界有巨大的貢獻。這個判斷可能與賴和曾在《興南新聞》的前身《臺灣新民報》上主編「曙光」新詩欄有關，但由此同樣可以看出報社編輯者對於賴和新詩的發揚推崇。從1936年楊守愚與1943年《興南新聞》編者的眼光來看，賴和的「新詩」都是其新文學創作非常重要的一環，並且不會低於對其小說創作的評價。

新詩

譯蕃歌二曲

稿本　《賴和手稿集・漢詩卷（上）》，頁 384-387。
刊本　無。

〔一〕

香煙成堆，好酒如淮[1]　ユーラークワシーパーローラー

　　　　　　　　　　ーーーーーーーー　ーー　ー　ー　ーー疊疊[2]

我頭社[3]的兄弟啊　カナナイリィワニー

搖蕩輕槳——欸欸來[4]　オーキーソー　パリタパトーア

水草礙行舟　クサニートーア

勿惜少迂迴　アナーニー

1　淮：huâi，淮水，好酒如淮水之多。語出《左傳・昭公十二年》：「穆子曰：
　　有酒如淮，有肉如坻。」
2　疊疊：tha̍h-tha̍h，疊唱，首句重複再唱一次。
3　頭社：Shtafari，邵族聚落，今南投縣魚池鄉頭社村及武登村之一部分。
　　舊稱「田頭社」，水沙連六社之一。1922 年 2 月，賴和循南路古道進日
　　月潭。由集集沿濁水溪，經社子社，越土地公鞍嶺，由銃匱進入頭社。
4　欸欸來：ò-ò-lâi，一邊划船一邊歌唱而來。欸，即「欸乃」，划船時所唱
　　的歌曲。

〔二〕

一峯纔了，當面一峯更高

下臨谿谷深，上無人行路

陰森森林木，莽蒼蒼[5]蓬蒿[6]

可能無？毒蛇惡蟲——山豬野熊——

更怕！還藏著想不到的什麼？

兄弟們請各子〔仔〕細只[7]把腰刀

勿忘掉背負的飯鍋

一步步攙扶過

且耐點兒苦——

前面裡　我們祖先尚留得

好空闊——茸茸細草、清水平陂[8]——

哀！哀！勿怨奔波！

那——縛[9]去圈裡養的豬，刈[10]奪田上熟的禾

說是天佑的優勝者

5　莽蒼蒼：bóng-tshong-tshong，田野蒼茫廣大。

6　蓬蒿：hông-o，蓬、蒿，皆野草。

7　只：tsí，這、此。

8　陂：pi，水池。

9　縛：pàk，細綁。

10　刈：kuah，割。

唉──他漢人們也自賢豪[11]

蕃人每歌此曲,多飲泣流淚,治者恐其怨念莫釋,已不
許其復歌。同舟有吏在,不能強之盡曲,且意味亦不明
瞭,只由一端而演譯之,非本歌之意。

版本說明 | 稿本編頁 18-21,稿紙(懶雲書室),軟筆字,直書,
完稿,現存賴和紀念館。本詩寫於 1922 年 2 月 11 日,
賴和前往臺中參加「中嘉南聯合吟會」,先至日月
潭遊歷。同時留有漢詩〈土地公廟〉、〈銃匱道中〉、
〈頭社〉、〈由崙龍雇獨木舟入水社〉、〈石印化
蕃〉、〈濁水溪〉、〈跋土地公鞍〉可參看。詩中
片假名為賴和標記之原住民歌曲發音。與此同時但
稍後,1922 年 3 月上旬,臺北師範學校助教授張福
興[12] 前往日月潭調查水社聚落之歌曲,同年 12 月整
理為《水社化蕃杵の音と歌謠》出版。賴和翻譯的
第一首歌詞,即張福興採集到的〈來遊ヲ誘フ歌〉。

---

11 也自賢豪:iā tsū hiân-hô,還自以為是賢人豪士。
12 張福興:1888-1954,音樂家,苗栗人。1910 年東京音樂學校畢業,返臺
後任教於總督府國語學校(後改為臺北師範學校)音樂科。1931 年 1 月,
賴和發表〈農民謠〉時,《臺灣新民報》上附有李金土作曲之樂譜。李
金土即張福興在國語學校任教時之學生。

祝南社[1]十五周年

稿本　《賴和手稿集・漢詩卷（上）》，頁354-357。
刊本　無。

世間話說的好：

「詩是無用的東西，寒不會禦寒，飢不會療飢

那仙的李白，聖的杜甫，究竟何補些兒？」

是是　飢要覓食，寒要覓衣的

實在用他不著，也就可以付之不知

咳[2]，我且問汝[3]：「誰叫汝們會寒、會飢？

汝們可曾偷懶過呢？」

我們做詩的，亦還不衣會寒，不食會飢

就是做苦來過日子，也廢不了做詩。

為甚麼呢？有的：愁嘆的聲、傷悲的淚、歡喜的

1　南社：1906年創立於臺南，初無嚴謹組織，1909年春蔡國琳爲首任社長，同
　　年8月蔡氏逝世，趙鍾麒繼任社長，1951年與臺南各詩社合併爲延平詩社。
2　咳：heh，清喉嚨的發語詞。
3　汝：lí，你。

情、感憤的氣

一條鞭[4]寄在裡頭去

況又是通聲氣、同環境的人，自然會聚攏在一塊
兒

　貴社創立過十五年了

社怳〔況〕的盛大，社運的發展，久爲我們所共
知

南都文化的精血盡傾注在這裡

問精神的發露[5]就在——詩——

　我希望大家們實地裡做詩人、生活，去使這無
用的有用、教他不知者共知

爲我們做詩的吐些兒氣

那始不負我們

4　一條鞭：it-tiâu-pinn，比喻去繁就簡。原爲明朝張居正所實行的徵稅法，
　　清代在臺灣亦曾施行。參見吳德功《戴施兩案紀略》：「光緒13年，
　　臺灣巡撫劉銘傳令臺灣一律清丈，以一條鞭辦法，名爲地丁。彰化管轄
　　十三堡，清丈一齊起手。」
5　發露：huat-lōo，揭發、洩露。

用盡心力來做詩

版本說明｜稿本編頁43-46，稿紙（懶雲書室），硬筆字，直書，
完稿，現存賴和紀念館。1923 年 3 月 4 日，「南社
十五周年紀念會」在臺南固園舉行。當時與會者，
寫有一系列「祝南社十五周年紀念」同題漢詩，集
中登載於 1923 年 3 月 22-25 日《臺南新報》，可以
參看。

歡迎蔡、陳、王三先生的筵間

稿本　《賴和手稿集·漢詩卷（下）》，頁 26-29。
刊本　無。

兄弟們，

這二十世紀

是解放運動全盛之時[1]。

世界新潮流，

久已高高漲起。

無奈何我可愛臺灣，

尚閉置在眞空裡——

沒有傳波[2]的空氣，

終只寂沉沉反動不起[3]。

1　此處有批語：「世界有此新潮流原來不錯。」
2　傳波：でんぱ，thuân-pòo，即傳播。此指受外界潮流影響。
3　此處有批語：「文明是漸漸來的，不必性急，然亦可見是有心人。」

唉，太陽高起來了。

氣壓變動了，物質膨脹了。

眞空的瓶兒，微微的破裂了。

新鮮的氣流透進來了。

快醒罷，不可耽眠了[4]。

這幾位早起來的弟兒。

說破了唇兒，喊破了喉嚨。

是因爲甚麼事呢。

快哆開[5]眼兒罷，快翻轉身子罷。

大家合攏起來罷[6]。

「生不自由勿寧死」

我原是熱血男兒。

奮起、奮起，須奮起。

傍有人笑走肉行屍。

4　此處有批語：「寫天氣變晴，甚有機勢，卻不脫清晨景象，故佳。」

5　哆開：thí-khui，張開。

6　此處有批語：「是爲著我同胞文化促進，故不憚舌敝唇焦，諸君不要誤會了。」

版本說明 | 稿本編頁 20-22，稿紙（懶雲書室），軟筆字，直書，完稿，現存賴和紀念館。本詩與〈癸亥元旦試筆〉同冊，為 1923 年作品，批語與內文修改非賴和筆跡。本詩於稿本中順序在〈元宵〉、〈臺南雜感〉之後，且在〈暑中漫興〉、〈三十生日〉之前，應作於 1923 年春、夏之際。賴和漢詩〈臺南雜感〉曾謂：「逢源力學言皆妙，培火匡時道嘆窮」，推測本詩標題所列者為：蔡培火、陳逢源，以及王敏川。第三回臺灣議會設置請願運動結束後，蔡培火、陳逢源於 1923 年 3 月返臺，巡迴島內各地，宣傳請願運動。王敏川時任臺灣雜誌社幹事，於同年 4 月底返臺。

送虛谷君 [1] 之大陸

稿本　《賴和手稿集・漢詩卷（下）》，頁 42-45。
刊本　無。

虛谷少哥 [2]

汝在我們地方

算數一的 [3] 富豪

家裡頭是嬌養的兒子

社會上說幸福的青年

實在一份都沒不足啦

看汝的——詩——每慣寫性靈

聽到言論——覺四座風生

要有餘力——鄉里的——

1　虛谷君：陳虛谷，1896-1965，彰化和美人。本名陳滿盈，號一村。明治
　　大學政治經濟科專門部畢業。1923 年加入臺灣文化協會，1930 年曾與賴
　　和參與《臺灣新民報》學藝部，並在 1939 年共同創立「應社」。
2　少哥：siàu-ko，對年輕男子的敬稱。
3　算數一的：sǹg siỏk-it--ê，可以說是數一數二的。

　　──文化正待啓發

若不高興──自然界的──

　　──風花月盡可怡情

為什麼？學纔成就

再想乘風破浪遠渡神州

那將要陸沉[4]的錦繡河山

也許人們自在優游

　　隨地徵歌[5]索笑[6]

　　到處選勝探幽[7]

但我很盼望[8]──

　　──汝──早日歸來

為同胞灑幾點熱血

替鄉里出一臂氣力

4　陸沉：liòk-tîm，陸地沉沒，比喻國土淪陷。
5　徵歌：ting-ko，召妓歌唱行樂。
6　此處有批語：「大開大闔，氣勢自佳。」
7　選勝探幽：suán-sìng thàm-iu，遊山玩水，探訪幽靜勝地。
8　此處有批語：「朋友相規勸，饒有古人風。」

這纔算──
　　吾們正當事業

附七言律一首
同是世間一分子，肯教辜負有爲身。生來職責居先覺，
忍把艱難付後人。袖裡乾坤傷迫仄，眼前故國嘆沉淪。
吾曹向日乘風志，好向中流擊楫頻[9]。

版本說明｜稿本編頁 36-39，稿紙（懶雲書室），軟筆字，直書，
　　　　　　完稿，現存賴和紀念館。本詩與〈癸亥元旦試筆〉
　　　　　　同冊，批語與部分內文修改非賴和筆跡。本詩於稿
　　　　　　本中順序在〈中秋夜偶作用笑儂兄韻〉之後，且在
　　　　　　〈九日伴寄庵克明二先生登高〉之前，推測作於
　　　　　　1923 年 10 月。相關材料另可參閱〈醫師會客讌〉，
　　　　　　《臺南新報》，1923 年 11 月 10 日。

9　此處有批語：「吐屬名貴，抱負不凡。」

草兒（白話詩　十二月十五日夜作）

稿本　《賴和手稿集・漢詩卷（下）》，頁 57-59。
刊本　無。

春要來了──　草地上──

被牛羊踐踏過的──

草兒──再要發生了

含蓄著無限生機的

草兒──依依地、蓬蓬地──

覺悟似的發出芽來──

似對著人們──說──

「不相干──發芽仍舊要發芽

　　甜美的露培¹著，和熙²的風吹了

1　培：puê，培養、滋養。
2　和熙：hô-hi，祥和溫暖。《臺風雜記》：「臺人不問貴賤、不論貧富，每家門扉兩面，貼赤紙題句，曰春風和熙云云。」

時候到了，不容生生地埋沒著

踐踏只得由他罷——

我們亦自各有天職」

版本說明｜稿本編頁51-53，稿紙（懶雲書室），軟筆字，直書，
　　　　　　完稿，現存賴和紀念館。本詩與〈癸亥元旦試筆〉
　　　　　　同冊，題目下標注寫作時間爲「12月15日夜」，
　　　　　　隔日即發生「治警事件」（1923年12月16日）。
　　　　　　手稿後接漢詩〈囚繫臺中銀水殿〉。

感詩（白話）

稿本　《賴和手稿集·漢詩卷（下）》，頁 90-91。
刊本　無。

一

　　爲什麼　我

　　甘做那金錢奴隸

　　　　牛馬勞人[1]

　　日日奔馳趨走——總跳不出——

　　　　十毒世界、萬惡風塵

　　被那罪惡習俗、腐敗環境

　　　　淘盡生來的美德天眞！

二

　　恰逢著甲子新春[2]

　　　　萬物更新

1　勞人：lô-lâng，勞累忙碌之人。
2　甲子新春：甲子年新春（初一至初五）期間，1924 年 2 月 5 日至 9 日之間。

偷得幾日裡清閒
　暫作世外散人[3]
試浴溫泉，把勞塵滌去
獨可恨不能洗我──被──
　──汙的精神──

版本說明 | 稿本編頁 6-7，稿紙（懶雲書室），軟筆字，直書，完稿，現存賴和紀念館。本詩與〈行入關仔嶺〉同冊，為 1924 年作品，內文修改非賴和筆跡。稿本排序在〈行入關仔嶺〉、〈寓洗心館〉、〈自溫泉由磴道上關仔嶺庄〉等漢詩之後，另有漢文〈久聞駲驎山〉，皆為同時作品，可以參看。

3　散人：sàn-jîn，悠閒、閒散的人。

洗心館[1]的馴鳶[2]

稿本　《賴和手稿集・漢詩卷（下）》，頁 92-94。
刊本　無。

一

雲淨天空闊

　　盡可翺翔

水多游鱗[3]，林多鳥雀

　　生有天惠無限食糧

何事依傍人家簷宇？

　　甘與雞鵏[4]伍

食些腐肉魚腸

我勸汝戾天[5]飛去

莫辜負了健翼銳啄

1　洗心館：sé-sim-kuán，關子嶺溫泉旅館，開設於 1913 年，館主樋野和藏。

2　馴鳶：sûn-iân，被馴養的老鷹。

3　游鱗：iû-lân，游魚。

4　鵏：bū，家鴨。《澎湖紀略》：「野鴨為鳧，家鴨為鵏，不能飛翔，如庶人守耕而已。」

5　戾天：lē-thian，到達天際。

翔翔乎網弋[6]不到的高空

二

豈亦知弱肉強食

　上違了天理，下背著人道

欲從此洗心改過

但生來性自乖戾

恐終不能做到——雖然

因有這點兒心

也自較豺狼些兒好

版本說明｜稿本編頁 8-10，稿紙（懶雲書室），軟筆字，直書，
　　　　　　完稿，現存賴和紀念館。本詩與〈行入關仔嶺〉同
　　　　　　冊，爲 1924 年作品，內文修改非賴和筆跡。稿本
　　　　　　排序在新詩〈感詩〉之後，同時另有漢詩〈寓洗心
　　　　　　館〉可以參看。

6　弋：ik，帶有繩子的箭，射獵。

代諸同志贈林呈祿[1]先生

稿本　《賴和手稿集·漢詩卷（下）》，頁99-102。
刊本　無。

一

　　這二十世紀的新潮流

　　　　久已環繞著六大部州[2]

　　誰不是？——人各平等！

　　誰不是？——身皆自由！

二

　　試問我兄弟們？[3]

　　　　享得著[4]不？

1　林呈祿：1887-1967，桃園大園人。號慈州。明治大學法科高等研究科畢業。
　　1920年在東京參與創立「新民會」，擔任幹事。1923年，在東京成立「臺
　　灣議會期成同盟會」，爲該會主幹。同年，《臺灣民報》創刊，擔任報
　　社主編。1930年改組《臺灣新民報》，擔任主筆兼編輯、印刷兩局局長。
2　六大部州：la̍k-tuā-pōo-tsiu，即亞洲、非洲、歐洲、北美洲、南美洲及大洋
　　洲。
3　此處有批語：「一轉便深。」
4　得著：tit-tio̍h，得到。

默默裡拋棄了

　　天賦的人權![5]

甘自做那被

　　驅使的馬和牛！

三

誰也不是一個的人嗎？

　　怎忍蒙此奇羞?[6]

奮起奮起！！

　　　願隨先生之後

完成我們

　　正當的要求[7]

四

願先生努力加餐

　　此身永健

5　此處有批語：「有這等事麼？」
6　此處有批語：「聲色俱屬，有金剛弩目之概。」
7　此處有批語：「一片苦心，確是欲完成正當要求而已，非有他也，其如
　　人不我諒何？」

作我們的先鋒

　排除前途的障礙

五

美麗島上徑[8]

　散播了無限種子

自由的花、平等的樹

專待熱血來

　培養灌注

版本說明 | 稿本編頁 15-18，稿紙（懶雲書室），軟筆字，直書，
完稿，現存賴和紀念館。本詩與〈行入關仔嶺〉同
冊，爲 1924 年作品，批語與內文修改非賴和筆跡。
本詩爲治警事件而作。1924 年 10 月 29 日，治警事
件第二審判決，林呈祿以違反《治安警察法》，宣
告有罪禁錮三個月。

8　徑：king，道路。

破壞

稿本 《賴和手稿集・漢詩卷（下）》，頁 121-123。
刊本 無。

破壞處有建設

建設終歸破壞

這兩不相容的東西

總同著時間環境

一塊兒存在

宇宙一切的新建設

正在破壞腹中孕育的勢力

眼中種種的建設

儘有破壞的痕跡

任是破壞──不能滅絕建設力

任是建設──不能免掉破壞性

破壞是建設的成績

建設是破壞的功力

使我有力──就要破壞一切種種

享受著過激爭鬥的榮名

便是無力──亦隨時代潮流自會

飄泊到建設之境

享受著功業的現成

版本說明｜稿本編頁37-39，稿紙（懶雲書室），軟筆字，直書，
　　　　　　完稿，現存賴和紀念館。本詩與〈行入關仔嶺〉同
　　　　　　冊，爲 1924 年作品，內文修改非賴和筆跡。

生活

稿本　《賴和手稿集‧漢詩卷〔下〕》，頁 126-135。
刊本　無。

永遠的世間充滿著瞬間的人

無盡的人群有個單一的我

整天整夜忙著那食和眠

像這樣的生活

於我對她沒有留戀

奈此生命的力

不容人們有意的拒絕

生命的繼續，人啊──

是帶有什麼使命

抱有什麼希望啊──

一生下就會倦來眠、飢來喫

活潑地日就長成呢

唉！他的啼聲笑貌

很夠使我忘盡了

一切煩悶苦惱

在栖栖[1]的孤獨裡

每想到了我自己

問所爲的什麼事

於世間寧無辜負

一天天白雲似閒著——

　　車輪似忙著[2]

　　花爛漫似歡喜著

　　天陰沉似煩悶著

　　雨淋鈴似悲哀著

　　雷闓瀝〔霹靂〕似憤怒著

亦只喫著、睡著

無味地過著[3]

1　栖栖：tshe-tshe，孤獨的、不安的。
2　此處有批語：「神來之筆。」
3　此處有批語：「慷慨淋漓，筆歌墨舞。」

每思想到世間[4]

想到了紜紜[5]同伴

只可憐勞動者們

用盡氣力流盡血汗

過他困苦的日子

僅得到不充分的睡眠

　　約略粗惡的三餐

一部分幸福的人

整日裡追尋快樂[6]

靠著不勞所獲的物質

怡娛他的精神

自充足地清眠飽食

過著奢侈淫縱的一日

更不忍強者的橫逆

4　此處有批語：「愈轉愈深，絕無一點憤氣，難矣哉。」
5　紜紜：ûn-ûn，眾多紛亂。
6　此處有批語：「要轉就轉，大有掉臂游行之概。」

欺群眾的沒有覺醒

吾民的柔和無力

仗著沒有出處的權威

肆意凌辱壓迫

威風地過牠日子

亦自能眠酣食美

盡享受著無愁與安適[7]

吾們人——辛苦勞力

那些血汗的所得

更失自由享受的可能

供獻做一部的犧牲[8]

培養牠橫逆的威權

增長牠凶惡的勢力

只嘗味著生活的苦痛

喪盡了樂生[9]的希望

7　此處有批語：「高唱入雲，到底不懈。」
8　此處有批語：「入木三分，刻摯之畫，作者眞欲嘔出心肝矣。」
9　樂生：lȯk-sing，以生命爲樂，快樂的生活。

每念我辛苦勞力

僅得著飽暖、休息

那安逸的人們[10]

更容易地快樂地以生以息

使我懷疑、煩悶、憤怒、不平

可是工作休息裡

一天天總平凡地過去

怎奈日輪[11]的運行[12]

不為我少緩[13]一程

使有無須工作的片刻

得從事生存外的勞力

版本說明｜稿本編頁 42-51，稿紙（懶雲書室），軟筆字，直書，
　　　　　完稿，現存賴和紀念館。本詩與〈行入關仔嶺〉同
　　　　　冊，為 1924 年作品，批語與內文修改非賴和筆跡。
　　　　　後在 1930 年改寫為新詩〈現代生活的片影〉。

---

10 此處有批語：「說到人情，劍欲鳴，吾於此詩，不能不拍案叫絕。」
11 日輪：jit-lûn，太陽。
12 此處有批語：「思絡不竭，末力不懈，似此方許作白話詩，方許作白話
　 的長篇詩。」
13 少緩：sió-uān，稍微慢一點。

生命

稿本　《賴和手稿集・漢詩卷（下）》，頁 135-136。
刊本　無。

生命的燭不斷地燃著

照耀著生的光明

勿教運命[1]的風吹息

那兒子！就是永遠的明燈

版本說明 | 稿本編頁 51-52，稿紙（懶雲書室），軟筆字，直書，
完稿，現存賴和紀念館。本詩與〈行入關仔嶺〉同
冊，爲 1924 年作品。

1　運命：ūn-miā，命運。

奉獻

稿本 《賴和手稿集‧漢詩卷（下）》，頁 136。
刊本 無。

絞盡了汗和血[1]

剝削到骨和髓，直至今

盡不了義務。只應該

剖開我鮮紅紅敬心[2]

祈禱裡轉[3]得到不安煩悶

聽不著天上福音

版本說明｜稿本編頁 52，稿紙（懶雲書室），軟筆字，直書，
完稿，現存賴和紀念館。本詩與〈行入關仔嶺〉同
冊，為 1924 年作品，批語與內文修改非賴和筆跡。

---

1 此處有批語：「起就奇闢。」
2 敬心：king-sim，崇敬的心意。
3 轉：tsuán，反而、反倒是。

有力者

稿本　《賴和手稿集·漢詩卷（下）》，頁 137-138。
刊本　無。

有力者¹們啊！

是誇耀著什麼？

　知識、學問

那不過空虛的裝飾品

只夠利用牠

　堅固地位、滿足奢望

保持自己暫時虛詭的光榮

試自問可看見著自己生命麼？

版本說明│稿本編頁 53-54，稿紙（懶雲書室），軟筆字，直書，
完稿，現存賴和紀念館。本詩與〈行入關仔嶺〉同
冊，為 1924 年作品，內文修改非賴和筆跡。1924
年 6 月 27 日，辜顯榮、林熊徵召集組織「全島有
力者大會」，反對臺灣議會設置請願運動。本詩即
為此而作，賴和長期支持議會設置運動。

1　有力者：iú-li̍k-tsiá，在社會上有權力、有勢力的人。

種田人

稿本　《賴和手稿集・漢詩卷（下）》，頁 138-139。
刊本　無。

種田的兄弟們啊

汝們是扶養社會的人

是有力量的實力者

大家總依靠著汝們

始纔獲得生活生存

汝們工作很是神聖

地位猶〔尤〕見得偉大

沒[1]再說是愚闇無用

忍耐地挨著痛苦

屈伏在水平線下

快抬起頭來罷

把眼精〔睛〕放大些

1　沒：bút，勿、別。

版本說明 | 稿本編頁 54-55，稿紙（懶雲書室），軟筆字，直
書，完稿，現存賴和紀念館。本詩與〈行入關仔嶺〉
同冊，爲 1924 年作品。本詩內文修改爲賴和筆跡，
後在手稿上全詩刪除。

壓迫反逆

稿本　《賴和手稿集‧漢詩卷（下）》，頁 140-141。
刊本　無。

壓迫孕育反逆

反逆產生壓迫

壓迫多被人人厭憎

反逆會得多數同情

反逆是人類自然的衝動

　　趨向解放的潛力

壓迫是人所不能忍得

使壓迫勝利時

世界已就絕望的

就要反逆得到勝利時

社會纔能進步改革

版本說明｜稿本編頁 56-57，稿紙（懶雲書室），軟筆字，直書，
完稿，現存賴和紀念館。本詩與〈行入關仔嶺〉同
冊，為 1924 年作品，內文修改非賴和筆跡。

瘋人的叫聲

稿本　《賴和手稿集‧漢詩卷（下）》，頁 145-148。
刊本　無。

來呵──快來呵──天使

是不是傳到了福音

要接引我到天國裡

唉，為什麼更轉向別處？

　進來罷──惡魔

我有白閃閃的利刀

管教汝不能逃

哈哈，沒待走[1]罷──得意啊

死罷，趕快死了罷

整天整夜──鬧得人家

　剛折了箸[2]

---

1 沒待走：bô-tè tsáu，沒地方可跑。
2 箸：tī，筷子。

又碰破了碗

聽未了³瘋人的喧嚷
又聽到婦人的咒罵
處這樣病的環境
我的心靈已被牠——
冪⁴上重重黑影

一天很覺得沉寂
耳朵裡卻聽著⁵悽慘哭聲
知牠得到永遠安息
我很替他們喜歡
可是哭聲的慘切
會使我閒淚⁶零零⁷

---

3 聽未了：thiann-buē-liáu，未聽完。
4 冪：bi̍k，籠罩、覆蓋。
5 聽著：thiann-tio̍h，聽到。
6 閒淚：hân-luī，無用的、沒有必要的眼淚。
7 零零：liân-liân，接連落下。

　唉！前日的罵聲　何無情

今日的哭聲　何多情

很使我覺悟了假粧〔妝〕的人生

心裡無限地失望慘惻

版本說明｜稿本編頁 61-64，稿紙（懶雲書室），軟筆字，直書，完稿，現存賴和紀念館。本詩與〈行入關仔嶺〉同冊，為 1924 年作品，主要內文修改非賴和筆跡。

藝者[1]

稿本　《賴和手稿集・漢詩卷（下）》，頁 149-150。
刊本　《臺灣新民報》，1931 年 10 月 24 日。底本

彩雲似的舞袖

霞綺似的裙裾

海外奇葩饒艷質

蓬萊仙子本多姿

　美說櫻花

　勇誇武士

可是堂堂旭日的光輝

也隨著這艷幟的飄揚

照耀到海外去

版本說明｜本詩發表於《臺灣新民報》，1931 年 10 月 24 日。
　　　　發表時署名「浪」。稿本編頁 65-66，稿紙（懶雲
　　　　書室），軟筆字，直書，完稿，現存賴和紀念館。

1　藝者：げいしゃ，gē-tsiá，藝妓。

手稿原題〈日本藝者〉。本詩與〈行入關仔嶺〉同
冊，爲 1924 年作品。

可憐的乞婦

稿本　《賴和手稿集・漢詩卷（下）》，頁 150-151。
刊本　無。

欲雨不雨的陰森天氣

到媽祖宮[1]去的道路傍

一介[2]襤褸的婦女

身子靠住傾側的土墻

露著一隻爛腿子

口唱那有聲無調的歌

向著燒香祈福

那往來的人乞討

可是人們總沒聽見似的過去[3]

只有那求憐憫的聲音

不斷地留在我耳孕〔朵〕裡

1　媽祖宮：Má-tsóo-king，媽祖廟。
2　一介：tsit ê，一個。
3　此處有批語：「冷淡人情呼之欲出。」

版本說明 | 稿本編頁 66-67，稿紙（懶雲書室），軟筆字，直書，
完稿，現存賴和紀念館。本詩與〈行入關仔嶺〉同
冊，為 1924 年作品，批語與內文修改非賴和筆跡。

希望

稿本　《賴和手稿集‧漢詩卷（下）》，頁 153。
刊本　無。

可麼[1]？能做個眞實的詩人

把來表演我的自身

不敢拿文字做裝飾品

要仗牠輸與精神滋養分

版本說明｜稿本編頁 69，稿紙（懶雲書室），軟筆字，直書，
完稿，現存賴和紀念館。本詩與〈行入關仔嶺〉同
冊，爲 1924 年作品，主要內文修改非賴和筆跡。

1　可麼：khó--mah，可以嗎。

山仔腳[1]

稿本 《賴和手稿集‧漢詩卷（下）》，頁 155-157。
刊本 無。

記六年前初經過

如髮的坦坦道路

經幾次洪水衝漬

破壞的崎嶇難行步

往日停車問路處

鼠蛇出沒無人住

只剩得流不去墻基

圍著雜亂的竹草樹

幾家舊識的田夫[2]

驚疑地無言只相顧

似怪我長得幾莖鬚

---

1 山仔腳：suann-á-kha，山腳下。
2 田夫：tshân-hu，農夫。

我手裡接生的孩子[3]

　見面亦解相呼

　又勞動殷勤小狗[4]，歡迎似的

　狺狺[5]吠出籬落[6]

版本說明｜稿本編頁 71-73，稿紙（懶雲書室），軟筆字，直書，
　　　　完稿，現存賴和紀念館。本詩與〈行入關仔嶺〉同
　　　　冊，爲 1924 年作品，批語與內文修改非賴和筆跡。

3　此處有批語：「明顯爾是一個醫士，不是代人所能代說。」
4　小狗：siáu-káu，瘋狗。
5　狺狺：gûn-gûn，狗叫聲。
6　籬落：lî-lo̍k，籬笆。

黃昏的海濱（在通霄水浴場¹）

稿本　《賴和手稿集・漢詩卷（下）》，頁 168-171。
稿本　無。

盤大的日輪被巨魚吞去²

殘霞一抹射入層雲裡

夜之神，快把黑暗——

冪上了世界，不要——

一線些光明存在。

似說著：——「安息罷」——

勞苦的晝間要就來³

幾點灘上青山

穩睡在晚霧裡

零亂噪囃的歸鴉

1　水浴場：すいよくじょう，tsuí-ik-tiûnn，海水浴場。通霄海水浴場，位於
　　新竹州苗栗郡通霄庄（今苗栗縣通霄鎮），1923 年 6 月設立。
2　此處有批語：「奇警語，不可多得。」
3　要就來：beh koh lâi，快要再來。此處有批語：「描影繪聲的妙手。」

爭向霧裡飛去

幾處人家只辨得朦朧烟樹

一線蜒蜿的白沙

擁抱著深藍海水

親密密抱吻著安息

在闇淡星光下

人間一切休息在夜的帳幕裡

顯出偉大的神秘，無窮盡暗示

忽地鰲鳴海風起

衝破了沉沉地睡味

可憐的海神呵

什麼勞苦著把崩湃濤──

聲，送到靜默人間去

版本說明 | 稿本編頁 84-87，稿紙（懶雲書室），軟筆字，直書，
完稿，現存賴和紀念館。本詩與〈行入關仔嶺〉同冊，
為 1924 年作品，批語與主要內文修改非賴和筆跡。

日傘

稿本　《賴和手稿集・漢詩卷（下）》，頁 171-172。
刊本　無。

炎天[1]下的行人

把日傘[2]高高擎[3]起

遮住酷烈的直射光線

安然地闊步行去

在生的長途上

多數的人們赤裸裸

半無遮庇[4]

可是運命的日輪

紅赫赫高懸頭上

有什麼去處能容得暫避

1　炎天：iām-thinn，大熱天。

2　日傘：ひがさ，jit-suànn，陽傘。

3　擎：king，高舉。

4　遮庇：jia-pì，遮蔽。

版本說明｜稿本編頁87-88，稿紙（懶雲書室），軟筆字，直書，
　　　　　　完稿，現存賴和紀念館。本詩與〈行入關仔嶺〉同
　　　　　　冊，爲 1924 年作品，主要內文修改非賴和筆跡。

祝吳海水[1]君結婚

稿本　《賴和手稿集・漢詩卷（下）》，頁 173-176。
刊本　無。

自由結婚神聖戀愛

是吾們——所主張提唱

要達到實現的時代

　汝們倆

得有美滿今日

雖說是愛神的媒介

亦因爲不避——

　俗世議論愚頑指摘

有那奮鬥的精神

　　堅決的毅力

1　吳海水：1899-1957，醫師，臺南人。1921 年 3 月畢業於臺灣總督府醫學校；
　同年 10 月臺灣文化協會成立時，在發會式上說明設立趣旨，與賴和同任
　文協理事。1923 年治警事件被捕起訴，後判無罪；隔年，與劉美珠結婚。
　1938 年當選高雄州州會議員。

始獲從舊慣[2]的範圍裡
　解脫出來

在充滿了喜氣的寺堂中
一束束的鮮花
特地裡美綠嬌紅
至愛之神監臨[3]著
互相握手的刹那
已足償了人生苦痛

更希望造成理想家庭
來光大新人名聲
把叛逆、憐憫等……德性
遺傳給子孫
好擴張我族的繁榮[4]

2　舊慣：きゅうかん，kū-kuàn，舊的風俗習慣。
3　監臨：kam-lîm，蒞臨考驗、監看。
4　此處有批語：「雖有必然的至理，但須以含蓄出之爲是。」

版本說明｜稿本編頁 89-92，稿紙（懶雲書室），軟筆字，直書，
完稿，現存賴和紀念館。本詩與〈行入關仔嶺〉同
冊，爲 1924 年作品，批語與主要內文修改非賴和
筆跡。1924 年 8 月 1 日，張梗發表獨幕劇〈屈原〉
於《臺灣民報》上，刊頭謂：「此篇特奉呈親友劉
美珠士、吳海水君爲新婚紀念。」賴和詩作亦應在
此時前後。

晚了

稿本　《賴和手稿集・漢詩卷（下）》，頁 176-177。
刊本　無。

恍惚地驚開睡眼

猶似是枕上聽雞

紅灼的鐵丸似的太陽

已急促促沉向海西

遂響動了竹圍外水螺[1]

晚霧迷濛的

塡塞了空間一切

群動暫得到安歇

爭向著快樂的睡鄉

尋覓理想中的夢境

要來忘卻晝間的苦痛

1　水螺：tsuí-lê，汽笛，用以報時。

版本說明 | 稿本編頁 92-93，稿紙（懶雲書室），軟筆字，直書，
　　　　　　完稿，現存賴和紀念館。本詩與〈行入關仔嶺〉同
　　　　　　冊，爲 1924 年作品，内文修改非賴和筆跡。

忙

稿本　《賴和手稿集‧漢詩卷（下）》，頁 178。
刊本　無。

在繁忙的途上

誰也不覺得苦痛

只有清閒著的日子

很是難過並也失望

眞的吾們人是當然的——

　　——服從地勞作

版本說明｜稿本編頁 94，稿紙（懶雲書室），軟筆字，直書，
　　　　完稿，現存賴和紀念館。本詩與〈行入關仔嶺〉同
　　　　冊，爲 1924 年作品，內文修改非賴和筆跡。

人心

稿本　《賴和手稿集・漢詩卷（下）》，頁 180-181。
刊本　無。

因是人心，忘不了愛憎

世界遂有永續的戰爭

有時亦會發見了道理

所以能享受暫時的和平

為是人心，時見著自己

就表現了個人的不德[1]

自然裡也會愛群合力

世界始覺有憐憫、同情

版本說明 | 稿本編頁96-97，稿紙（懶雲書室），軟筆字，直書，
完稿，現存賴和紀念館。本詩與〈行入關仔嶺〉同
冊，為 1924 年作品，內文修改非賴和筆跡。

1　不德：put-tik，不道德。

生的苦痛

稿本　《賴和手稿集‧漢詩卷（下）》，頁 189-190。
刊本　無。

人生的讚美者

多說著生的幸福

奈多數的人們

盡體驗到生的苦痛

教士們雖讚美死的快樂

到了那個時候

人們已別的沒有希望

版本說明│稿本編頁 103-104，稿紙（懶雲書室），軟筆字，
　　　　　直書，完稿，現存賴和紀念館。本詩與〈行入關仔
　　　　　嶺〉同冊，爲 1924 年作品，主要内文修改非賴和
　　　　　筆跡。

多數者

稿本　《賴和手稿集·漢詩卷〔下〕》，頁 190-192。
刊本　無。

多數人的總是犧牲

只有無價值的生命

儘醉迷迷呼不醒

滿足在現實環境

愛惜著進取的努力

忍耐著痛苦在緘默

使我的眼中腦際

覺比身受的

一倍倍¹難忍

版本說明 │ 稿本編頁 104-106，稿紙（懶雲書室），軟筆字，直書，
完稿，現存賴和紀念館。本詩與〈行入關仔嶺〉同冊，
為 1924 年作品，主要內文修改非賴和筆跡。

1　一倍倍：tsit-puē-puē，數倍以上、更加。

飼狗[1] 頷下[2] 的銅牌

稿本　《賴和手稿集・新文學卷》，頁 335-338。
刊本　無。

丁丁冬冬丁冬[3]

得意地矜誇[4]自慢起來　他自誇地說

「教我不敢相信我自己　丁冬

能力有這麼偉大　丁冬冬

因得到我的保護

牠的狗命始能存在

丁丁冬冬丁冬

纔免被殘暴的人們

橫受著虐殺的悲哀

丁丁冬冬丁冬

終究我相信著自己　丁冬

1　飼狗：かいいぬ（飼い犬），tshī-káu，家犬。
2　頷下：ām-ē，頸下。
3　丁冬：ting-tong，狀聲詞，銅牌的聲音。
4　矜誇：khim-khua，驕傲、誇大。

能力是這麼偉力[5]　丁丁冬

下賤的東西　勿狂妄

　珍瑲瑲珍瑲瑲[6]

那麼樣──自誇自大

可不識人世間　珍瑲

有了多少人們　珍瑲

因爲我　珍瑲瑲珍瑲

得到多大的榮譽光彩

那拖牛做馬的人們

始終不能得到我　珍瑲

眼角一睞[7]　珍瑲瑲珍瑲

看得到聽得著　珍瑲

被虐殺的無辜　珍瑲

刑訊場的死屍　草原上的殘骸　珍瑲

雖說是死得應該

5　偉力：いりょく，uí-lik，強大的威力。

6　珍瑲瑲：tin-tang-tang，狀聲詞，銅牌的聲音。

7　睞：nāi，斜眼觀看。

　　珍瑲瑲珍瑲瑲

亦爲著他的衣襟上

沒有我許他佩帶　珍瑲

一塊赤銅青綬[8]的丸章[9]

　珍瑲瑲　珍瑲瑲

嫉妒地辯駁起來

丁丁冬　珍珍瑲　熱烈的爭論

丁冬冬珍瑲瑲　忽溢滿了一個海島內

丁冬丁珍瑲珍　溢滿了渺小的海島內

　　　　　　　　　　　　　十一、十三

版本說明│稿本編頁 36-39，稿紙（文英社），硬筆字，直書，
　　　　　完稿，現存賴和紀念館。本詩與〈開頭我們要明瞭
　　　　　地聲明著〉同冊，推測爲 1925 年作品。手稿接續
　　　　　在小說〈鬪鬧熱〉之後。

8　綬：siū，繫在勳章或印章上的絲帶。
9　丸章：uân-tsiong，圓形勳章。初稿作「紳章」。

覺悟的犧牲（寄二林的同志[1]）

稿本　《賴和手稿集‧新文學卷》，頁 341-343。
刊本　《臺灣民報》，1925 年 12 月 20 日。底本

一

覺悟下的犧牲，

覺悟地提供了犧牲，

唉！這是多麼難能！

牠們誠實的接受，

使這不用酬報的犧牲，

轉得有多大的光榮！

二

弱者的哀求，

1　二林的同志：農民運動。1924 年間，林本源製糖株式會社因甘蔗收購價
格偏低，與採收區域內的蔗農屢有爭議。1925 年 6 月 28 日，蔗農四百餘
人組成「二林蔗農組合」，推舉文協理事李應章為總理，代表蔗農向會
社爭取權利。10 月 22 日，會社強行採收甘蔗，警方與農民爆發衝突。23
日，臺中州當局會同臺中地院檢察官，大規模檢舉拘押 93 人，是為「二
林事件」。

　　所得到的賞賜，

只是橫逆、摧殘、壓迫。

弱者的勞力，

　　所得到的報酬，

就是嘲笑、謫罵、詰責[2]。

三

　　使我們汗有得流，

使我們血有處滴，

這就是說──強者們！

慈善同情的發露，

憐憫惠賜的恩澤。

四

　　哭聲與眼淚，比不得，

激動的空氣、瀉澗[3]的流泉，

究竟亦終於無用。

2　詰責：khiat-tsik，責怪、譴責。
3　瀉澗：sià-kàn，急流而下。

風是會靜、泉是會乾，
雖說最後的生命，
算來亦不值錢。

五

可是覺悟的犧牲，
本無須什麼報酬。
失掉了不值錢的生命，
還有什麼憂愁？

六

因為不值錢的東西，
非〔所〕以能堅決地擲去，
有如不堪駛的渡船，
只當做射擊的標誌。

七

我們只是行屍，
肥肥膩膩！留待與，

虎狼鷹犬充飢。

八

　　唉！這覺悟的犧牲，
　　多麼難能、多麼光榮！
　　我聽到了這回消息，
　　忽充滿了滿腹的憤怒不平。
　　無奈慘痛橫逆的環境，
　　可不許盡情地痛哭一聲，
　　只背著眼睜睜的人們，
　　把我無男性眼淚偷滴！

九

　　唉！覺悟的犧牲，
　　覺悟地提供了犧牲。
　　我的弱者的鬥士們，
　　　這是多麼難能！
　　　這是多麼光榮！

一四、一一、一三

版本說明 | 本詩發表於《臺灣民報》，1925 年 12 月 20 日。發表時署名「懶雲」。稿本編頁 40-42，稿紙（文英社），硬筆字，直書，完稿，現存賴和紀念館。本詩與〈開頭我們要明瞭地聲明著〉同冊，稿本無標題、無分節編號亦無標點，文末標注寫作時間爲「十月二十三日」，此即「二林事件」大逮捕發生當日。刊本標注修改時間爲「一四、一一、一三」，即大正 14 年（1925）11 月 13 日。賴和小說〈豐作〉亦曾提及「二林事件」，可以參看。

〔寂寞的人生〕

稿本　《賴和手稿集‧新文學卷》，頁 346-349。
刊本　無。

一

　　唉！寂寞的人生，寂寞得

　　　　似沙漠上的孤客

　　這句經誰說過的話[1]

　　忽回到我善忘的記憶

　　在紛擾擾的人世間

　　我儘在孤獨蕭瑟

　　像徘徊在沙漠中

　　找不到行過人的踪跡

1　經誰說過的話：出自魯迅〈鴨的喜劇〉：「俄國的盲詩人愛羅先珂君帶
　了他那六弦琴到北京之後不久，便向我訴苦說：『寂寞呀，寂寞呀，在
　沙漠上似的寂寞呀！』」可參見《臺灣民報》，1925 年 1 月 1 日。

二

　　夜來雲凝風亦息

　　天愈深碧月愈白

　　菊花葉上著霜痕

　　芭蕉葉下聽露滴

　　無人共此良宵歡

　　獨在閒齋[2]嘆寥寂

三

　　小逸堂[3]的園庭上

　　花木凋落草拋荒

　　護謨[4]樹大已枯死

　　枝幹杈牙[5]月影中

　　夜來無人放空屋

2　閒齋：hân-tsai，空著的書房。

3　小逸堂：漢文學堂，塾師黃倬其。初在彰化南壇，賴和於1907年春入學，
　隔年遷至北門外祖廟仔，後為風雨所破。1920年秋在彰化北壇重築，隔
　年黃倬其猝逝。參見賴和漢文〈小逸堂記〉。

4　護謨：ゴム，gooh-muh，橡膠。

5　杈牙：tshai-gê，枝椏。

壁上唧唧鳴守宮[6]

我因無聊行到此

反感著分外淒涼

吾師[7]死去忽四年

更無人能憐我狂

四

火鉢[8]的炭在紅烘烘

炭火上架個茶鐺

時有三個五個人

圍著一盞風燈[9]傍

一人臥吸阿芙蓉[10]

不斷飄來芙蓉香

知否眾人各成癮

這時影像長不忘

6　守宮：siú-kiong，壁虎。
7　吾師：黃倬其，1871-1921，小逸堂塾師。可參見笑儂、石華〈哭黃倬其先生〉，《臺南新報》，1921 年 11 月 16 日。
8　火鉢：hué-puah，火爐。
9　風燈：hong-ting，鴉片點火用的提燈。
10　阿芙蓉：a-hû-iông，鴉片。

五

先生癮足¹¹遂坐起

也自忘形同笑語

先生忽忽死久矣

吾癮深痼¹²更不治

寂寞無方能遣之

欲尋消遣今無處

閒行不覺又到此

一時觸發舊來癮

纔知悲痛先生死

六

往年竹馬閒遊伴

也許還留得交誼

可是受盡指摘的身

朋友們雖不我厭棄

帶著傳染性的危險人

---

11 癮足：giàn-tsiok，過癮。

12 深痼：tshim-kòo，病根深固。

自己也應來迴避

七

嘯傲風月的吟朋
本來不屑與世爭
無奈環境的壓迫
也已散去各謀生
自從思想迫及我
一句詩也吟不成

八

數一數眼前的同志
總感不著往日的情誼
疏疏漠漠　　冷冷淡淡
消散了熱騰騰的和氣

九

有人跑上了東京
有人守住在家裡

京中有切磋的知己

守住家有愛的伴侶

我只孤單單在寂寞

寂寞得要死

死，也尙自不忍心

也尙沒有法子

任憑著寂寞的權能[13]

好在隨意處治

利不與我往來

名不與我共處

十

慨然幾次思奮起

跑向民眾中間去

經過幾次的籌劃

總鼓不起這勇氣

只立在十字街頭

---

13 權能：kuân-lîng，權利、功能。

向著行人們注視

版本說明｜稿本編頁 43-46，稿紙（文英社），硬筆字，直書，
完稿，現存賴和紀念館。本詩與〈開頭我們要明瞭
地聲明著〉同冊，推測爲 1925 年作品。

七星墜地歌

稿本　《賴和手稿集‧新文學卷》，頁 358-360。
刊本　無。

舉頭星空夜細認　南斗六星北斗七　是何世界七顆星
墜落人間億萬日　化作頑石山之隈　草埋土掩長秘密

曾傳先代葬師語　隕石之地有龍氣　得此活穴葬死人
能蔭子孫大富貴　福地留待福人居　草莽蒼蒼不知處
自古不少求福人　得來幸福知何許

玄天上帝神通大　啞吧乩童能說話　赫赫[1]香煙盛一時
今日神龕蜘網掛　有求必應萬善同[2]　骨骸曝露青燐化
得穴神明也如此　地理蔭人[3]能信嗎？

1　赫赫：hik-hik，形容火很旺。
2　萬善同：bān-siān-tông，祭祀無主骸骨所建之廟。
3　蔭人：im-lâng，庇護後人。

癩哥[4]廟祀觀音娘　廟前一井水湯湯[5]　聽說一隻金蜘蛛
朝朝結網井中央　井水有靈能療病　癩人[6]入此身轉強
今日井水尚沸泡[7]　癩人市上猶徜徉

傳聞一個貽豬[8]人　病死客舍無近親　同行伙伴不忍棄
暫借坏土[9]爲築墳　偶爾得著七星穴　果然富貴蔭子孫
年時杯酒想祭掃　只恐赫赫癩者嗔[10]　風雨夜半人靜後
匆匆偷把紙錢焚　過了三年不祭告　蔭人龍氣怕遂湮
後來世異癩者散　不曾見有祭墓人

版本說明｜稿本編頁 47-49，稿紙（文英社），硬筆字，直書，
　　　　　完稿，現存賴和紀念館。本詩與〈開頭我們要明瞭
　　　　　地聲明著〉同冊，推測爲 1925 年作品。

4　癩哥：thái-ko，癩哥病，即痲瘋病。
5　水湯湯：tsuí-thng-thng，形容井水如沸騰般。
6　癩人：thái-lâng，痲瘋病患者。
7　沸泡：puh-pho，冒泡。
8　貽豬：thâi-ti，即殺豬。
9　坏土：phue-thôo，山丘之土。
10　嗔：tshan，呻吟、怒罵。

兒語

稿本　《賴和手稿集‧新文學卷》，頁 362。
刊本　無。

爹！

那個要受媽媽打。

不看見他，弄汙了衣裳嗎？

版本說明 | 稿本編頁 49，稿紙（文英社），硬筆字，直書，完
稿，現存賴和紀念館。本詩與〈開頭我們要明瞭地
聲明著〉同冊，推測為 1925 年作品。

兒歌

稿本　《賴和手稿集·新文學卷》，頁 362-363。
刊本　無。

一

歡喜啦！歡喜啦！

有人要受罵啦

看啊！看啊！

弄汙了衣衫啦

壞囉！壞囉！

有人要挨打囉

來囉！來囉！

碰破了飯碗囉

二

可憐啊！

可憐個小乞丐啊！

我肚子餓了

一點來賞賜啊

要買個紙球打

三

餒¹嗎？餒嗎？

食²汝牛奶也在哭

食汝藥水也還哭

什麼分別不出甘苦

是啊！是他不願意的啊！

可是媽的乳汁已經斷了

版本說明│ 稿本編頁 49-50，稿紙（文英社），硬筆字，直書，
完稿，現存賴和紀念館。本詩與〈開頭我們要明瞭
地聲明著〉同冊，推測為 1925 年作品。

1　餒：lué，餓。
2　食：tshī，飼，餵食。

〔孩子的可愛〕

稿本　《賴和手稿集・新文學卷》，頁366。
刊本　無。

孩子的可愛

就是人誰都承認

愛護孩子

原是人類的事業裡一個實在

不因爲他是未來世界的主人

不因爲他是生命的相續者

純然的　沒有雜念在內

這就是人類的偉大

兒子的可愛

是做過父親的　誰都經驗來

只是愛他的可愛

別沒有什麼期待

不望他來顯揚父母

不望他來光大門楣

卻也不曉得可愛在什麼所在[1]

只是愛他的可愛

咳　那可愛的兒子

版本說明｜稿本 1 頁，空白筆記紙（夾放於「賴賢湧用紙」稿
　　　　　　本），硬筆字，橫書，完稿，現存賴和紀念館。本
　　　　　　詩與〈聖潔的靈魂〉保存形式相同，推測為 1927
　　　　　　年作品。

1　所在：sóo-tsāi，處、地方。

秋曉的公園

稿本　無。

刊本　《新生》創刊號，1927 年 7 月 22 日。頁 72-76。

秋早來了！

恍惚間什麼[1]已是九月九？

曉霧未消的公園，

朝曦初上的八卦山，

我停了好久，

不曾來過了。

今朝有興偶重來，

像邂逅著忘去的朋友。

椰葉柳條間的晨風，

一絲絲飄入衫袖，

吹醒了夢騰睡意，

1　什麼：siánn-mih，竟然。

陡覺著襟懷爽朗，
耳目一新、精神倍舊。
聽啊！鳥聲多麼輕脆，
瞧啊！紅綠多麼娟秀，
我不信已是到了深秋？

在秋深的園裡：
露珠還這麼瑩明，
霧氣也這麼暖膩，
晨光又這麼和熙〔熙〕，
叢樹尚這麼秀美，
流水且這麼漣漪，
何處有秋的淒涼味？
何處有秋的蕭殺氣？
但覺宜人景物！
直沁透了詩脾。

那一片樹林裡，
間著兩三棵楝樹，

似先感到秋的氣味，
杈枒地挺著枯枝，
在顯現牠先覺的意志。

那一邊三兩株楓樹，
葉上也抹著了微紅，
現出快樂的酡顏[2]，
似在歡祝秋的成功。

芙蓉可也得意地，
塗抹就新粧，
荻花也嫉妒似的，
披上了雲錦裳，
一幅秋的畫圖，
不是分明在眼中？

可是在我這多感的愁衷，

2　酡顏：tô-gân，酒後臉紅的樣子。

猶有不堪撫摩的傷痛，

偏偏不因這凋落衰殘，

就感到寂滅悲涼，

倒因明淨清麗的秋光，

牽惹[3]著無限的憧憬愛戀，

得到了暫時的歡樂慰安。

— 完 —

版本說明｜本詩發表於《新生》創刊號，1927 年 7 月 22 日。
　　　　　　頁 72-76。發表時署名「懶雲」。《新生》主編爲
　　　　　　楊雲萍，發行地在東京。

3　牽惹：khan-jiá，觸動。

不是

稿本　《賴和手稿集・新文學卷》，頁 467。
刊本　無。

讀書不是爲做官　　講到做官起畏寒[1]
幾人讀書做官好　　傀儡[2]有抽[3]即會行[4]

讀書不是要賺錢　　教人銀錢怎賺起
幾人讀書有錢賺　　讀書了本[5]攏總[6]是

讀書不是爲娶妻　　學問卻要女人知
自由女子飼勿起[7]　千金小姐不嫁伊[8]

1　起畏寒：khí uì-kuânn，打冷顫。
2　傀儡：ka-lé，懸絲的人偶。
3　抽：thiu，拉線。
4　即會行：tsiah ē kiânn，才會走。
5　了本：liáu-pún，賠本。
6　攏總：lóng-tsóng，全部。
7　飼勿起：tshī-bē-khí，養不起。
8　伊：i，他。

版本說明｜稿本 1 頁，稿紙（株式會社大眾時報社原稿用紙），
硬筆字，直書，完稿，現存賴和紀念館。手稿原題
〈山歌〉。大眾時報社於 1928 年 3 月成立，賴和
擔任監事，同年 7 月停刊。推測本文寫作時間在
1928 年。

流離曲

稿本　《賴和手稿集・新文學卷》，頁 368-399。
刊本　《臺灣新民報》，1930 年 9 月 6、13、20 日。底本

（一）生的逃脫

澌澌！洴洴！
窸窸！窣窣！[1]
洴洴的眞像把海吹來，
窸窣地甚欲併山捲去，
溪水也已高高漲起，
淼茫茫[2]一望無際。

猛雨更挾著怒風，
滾滾地波浪掀空。

1　窸窸、窣窣：si-si sùt-sùt，皆爲狀聲詞，磨擦聲。
2　淼茫茫：biáu-bông-bông，水勢浩大無邊。

驚懼、忽惶、走[3]、藏，

呼兒、喚女、喊父、呼娘，

牛嘶、狗嗥[4]，

混作一片驚唬慘哭，

奏成悲痛酸悽的葬曲。

覺得此世界的毀滅，

就在這一瞬中。

　死！死！死！

在死的恐怖之前，

生之慾念愈是執著不放；

到最後的一瞬間，

尚抱有萬一的希望。

慘痛地　呼！喊！

無意識地　逃！脫！

還希望著可能幸免。

3　走：tsáu，跑、逃。

4　嗥：hô，號叫聲。

死神已伸長他的手臂，
這最後的掙脫實不容易。

眼見得一片茫茫大水，
把平生膽力都完全失去，
要向死神手中，
爭出一個自己，
這最後的掙脫眞不容易！

救不得一個自己，
再無力顧到父母妻兒。
田畑[5]只任牠崩壞，
厝宅儘教牠流失，
　浩蕩無際，
一片茫茫大水。

風收雨霽[6]，溪水也退，

5　畑：はたけ，hn̂g，旱地、農地。
6　霽：tsè，雨後轉晴。

大樹已連根拔起，
屋舍只留得幾段墻基。
一處處泥濘沙石，
一處處漂木潴水[7]，
　慘澹荒涼，
籠罩著沉沉死氣。

差幸一身尚存，
免給死神捕虜去；
財物一無遺留，
看生活要怎樣維持。
不幸又被救得妻子，
啊！死，只是一霎時傷悲；
活，半〔平〕添了無窮拖累。

流離失所，何處得到安息？
田畑淹沒，何處去種去作？

___

7　潴水：tsu-tsuí，積聚之水。

也無一粒米，

活活受饑餓。

　餓！餓！

自己雖攬得腹肚[8]（俗音剝島），

也禁不住兒啼妻哭！

（二）死的奮鬥

感謝神的恩惠，

尚留給我一個肉體，

還算有些筋力[9]可賣。

　賣！賣！

要等到何時，

　要待何人來買？

縱幸運遇到了主顧，

也只夠賣作終身奴隸。

8　攬得腹肚：lám tit pak-tóo，抱著肚子，指忍受得了飢餓。
9　筋力：kin-lik，肌肉、力氣。

經幾次深思熟慮，

別想不出圖存工具。

唉！死！眞要活活地餓死？

死！尙覺非時，

　也尙有些不願意。

只好硬著心腸，

也只有捻轉[10]了心肝，

將這兒子來換錢去。

　去！去！

好使兒子得有生機，

不忍他跟著不幸的父母，

過著艱難困苦的一世。

這是受不到妻子同意，

不用猜想早就可知。

「僅有這個兒子，

　任他怎樣地醜惡，

---

10 捻轉：liám-tsuán，以手搮轉。此指橫起心。

也覺得可愛，

也可以自慰，

從未甘[11]使離開過身邊，

那忍賣給人家去？

死！一樣逃不脫死！

餓死也願在一處，

不忍他去受人處治，

看！看遍這世間，

有過誰會愛他人子？」

婦人的執著本難釋，

要使到她了解明白，

石頭上也自會發粟[12]。

這該是自己來決行，

這該是自己來負責。

救寒療飢可無慮，

---

11 從未甘：tsîng-buē-kam，從未曾捨得。
12 發粟：huat-tshik，長出稻粟。

死的威脅亦已去，
爲什麼？心緒轉覺不安！
爲什麼？夜夢反自不寧！
一時時妻子的暗泣吞聲，
不知不識，那兒子的
　臨去時依戀之情，
到了夜深人靜，腦膜中
這影像顯現得愈是分明。

拚盡所有生的能力，
忍受一切人世辛苦，
　只想找出生之路。
也只有借著這肉體上，
　極端的困憊疲勞，
纔會暫忘卻，
　刻在精神上的痛楚。

曠曠漠漠[13]濁泥砂磧，
高低凹凸大小亂石，

尋不到前時齊整的阡陌，

只見得波衝浪決的痕跡，

再無有樹一株草一莖，

破壞到這樣田地，

看要怎樣來耕怎樣來種！

徙[14]！徙到他鄉！

徙到那可耕可種，

水甘土肥[15]的地方。

行！行！

　　只惜不知方向。

不可知的前途，

　　暗黑得路痕不見；

眼前此世界，

　　破壞得石荒沙亂。

---

13 曠曠漠漠：khòng-khòng-bȯk-bȯk，廣闊密布。

14 徙：suá，遷移。

15 水甘土肥：tsuí kam thôo puî，水質甘美，土地肥沃。

這一片砂石荒埔，

　　就是命之父母；

這一片砂石荒埔，

　　就是生之源泉。

墾墾！闢闢！

　　忍苦拚力！

一分一秒工夫，

　　也不甘[16]去休息。

鋤鋤！掘掘！

　　土黑砂白；

開開！鑿鑿！

　　石火四迸[17]。

幸福就在地底，

努力便能獲得。

鋤鋤！掘掘！

　　土黑砂白；

---

16 不甘：m̄-kam，捨不得。

17 石火四迸：tsióh-hué sù-pìng，鑿石時的火花四射。

開開！鑿鑿！
　石火四迸。
一分一秒工夫，
　也不甘去休息。
　忍苦拚力！
墾墾！闢闢！

只望能早成田，
那[18]顧惜腳腫手裂；
只望能早成田，
敢[19]愛惜流汗流血。
只任牠砂灼日煎，
只任牠雨打風搧〔搧〕。

（三）生乎？死乎？（上）

阡陌築得已很齊整，

---

18 那：ná，怎能。
19 敢：kánn，怎敢。

田畝也墾到將要完成，

畑也已耕，田也已種。

稻仔葉[20]青翠得欲滴，

蕃薯葉也青蒼茂盛，

秋風是又涼又清，

秋空是又碧又淨。

失了熱焰的日頭[21]，

　　只覺得和暖光明；

疲倦了的溪水，

　　流得悠緩無聲；

烏秋班甲[22]時交鳴，

　　秋的田野是這樣地幽靜。

賣兒子的錢，已無多所剩，

甕中糧米，吃也再無幾時，

秋風涼了，身上尙是單衣[23]，

---

20 稻仔葉：tiū-á-hiòh，稻子的葉片。

21 日頭：jit-thâu，太陽。

22 班甲：pan-kah，斑鳩。

23 單衣：tan-i，單層的布衣。

哈！哈！

　這幾層已不用憂慮。

看！田畑裡的稻仔蕃薯，

不僅足以救寒療飢，

無定著²⁴還有些贏餘²⁵，

這草寮仔²⁶也想來修理。

幾年來拚死的奮鬥，

克服了不可抗的天災，

到而今生活已有所賴。

只有賣去了的兒子，

還使我時時掛上心懷：

不知是否得到人憐愛？

不知是否有些長大？

不知是否猶像在我們身邊？

那刁頑？那活潑？那乖呆²⁷？

---

24 無定著：bô-tiānn-tio̍h，說不定、也許。

25 贏餘：îng-î，收支相抵後之剩餘。

26 草寮仔：tsháu-liâu-á，用茅草搭蓋的房子。

27 乖呆：kuai-pháinn，不乖、執拗。

砂石荒埔，

　已再墾爲良田；

風雨應候[28]，

　也做成了豐年。

手上的血經已拭淨，

額上的汗也已晒乾，

一些兒心願將要實現，

幸福的路已在眼前。

　生活已有了保障，

　居處也得到平安，

這應不是幻像的反映？

這應不是夢裡的欣歡？

時代是已經開化，

文明也放出了光華，

夢一般的世界早被打破，

---

28 應候：in-hāu，順應時節氣候。

遂造成了現代國家，

併創定尊嚴國法，

法的範圍不容有些或跨[29]。

（四）生乎？死乎？（下）[30]

法本來就是公平，

牠規定著：「富戶[31]窮人一樣，

不許睡在公園椅頂[32]」。（法朗士[33]語）

爲著國家誰也要遵行，

只可憐愚昧的百姓，

不斷地踏上罪的路程。

靜肅！莊嚴！

---

29 或跨：hik-khuà，超出、跨越。

30 〔編按〕本行以下發表時未刊出，現據手稿補回。本行分節標題，係根據前期刊本之形式，由編者代擬。

31 富戶：hù-hōo，富有之家、有錢人家。

32 椅頂：í-tíng，椅子上。

33 法朗士：Anatole France，1844-1924，法國小說家。1921 年獲得諾貝爾文學獎。賴和小說〈一桿「穪仔」〉的寫作，即受到法朗士小說的啓發。

天道？公理？
是非的分剖[34]所，
善惡的權衡處，
在監察「法」的當否？
在主持世間正義。
這氣象之陰森！
會使人股慄[35]不已。

座上是威嚴的判官，
傍邊是和善的通譯[36]，
臺下是被疑的百姓，
悲愴！　戰慄！
如屠場之羊，砧[37]上之魚，
絕望地任人屠殺割烹。

---

34 分剖：hun-phuà，判明。
35 股慄：kóo-lik，四肢顫慄，形容非常恐懼。
36 通譯：つうやく，thong-ik，口譯員。
37 砧：tiam，砧板。

你怎敢？無斷[38]開墾；

你怎敢？占住不肯退去；

你怎敢？把法律無視。

那幾處田畑，那幾處原野，

早就依照法的手續，

給與退職前官吏[39]。

爲保持法的權威，

本應該嚴重懲治，

姑且恩施格外，

使知道國家寬大處，

若猶抗命不肯遷徙？

就休怨法無私庇！

沉下去！沉下去！

墜落到萬仞罪惡之淵，

任憑你，喊到喉破聲竭，

---

38 無斷：むだん，bû-tuān，未取得承諾或許可、擅自。

39 給與退職前官吏：即「官有地拂下」政策。1925-1926 年間，臺灣總督府
　　爲使退職官員能留住臺灣，共將 2,886 甲土地，交由 370 名退職官員承購。
　　參見葉榮鐘《日據下臺灣政治社會運動史（下）》，頁 587。

也無人垂手一援。

粉碎了！粉碎了！

橫格[40]在時代巨輪之前，

任憑你，喊到喉破聲竭，

也無人能為解脫。

痛哭罷！痛哭罷！

正對著喫骨飲血之筵，

任憑你，哭到眼淚成泉，

也無人替你可憐。

講文化的[41]空說要為盡力，

到而今不聽見有些消息；

農組[42]的兄弟們，一個個

被監視拘捕，活動無策[43]。

---

40 橫格：huâinn-keh，阻礙、抵擋。

41 講文化的：意指「臺灣文化協會」之成員。臺灣文化協會：文化運動與
民族運動團體，1920 年 10 月成立，林獻堂為總理，賴和擔任理事之一。
1927 年 1 月，文協左、右分裂，以連溫卿為首的左翼青年奪取領導權，
積極投入農民、工人運動，1931 年後停止活動。

42 農組：即「臺灣農民組合」，全島性農民組織，1926 年 6 月成立，簡吉、
趙港為領導人。1929 年遭官方取締，1931 年組織結束。

43 活動無策：uáh-tāng bô-tshik，無法再有任何行動。

大人[44]們怒洶洶[45]、惡爬爬[46]，

不斷地來催催迫迫，

從順慣了的我，

禁不起這般橫逆。

收拾起孤伶伶的一身，

累人[47]妻子讓她永遠沉淪。

羞！羞！

羞見棄[48]於死神，

遂嘗到重倍的苦辛。

瘦盡我一身肌肉，

　　　把田畑阡陌開墾得齊齊整整；

流盡我一身血汗，

　　　把稻仔蕃薯培養得青蒼茂盛。

眼見得秋收已到，

讓別人來享受現成。

---

44 大人：tāi-jîn，警察。

45 怒洶洶：nōo-hiong-hiong，怒氣沖天的樣子。

46 惡爬爬：ok-pê-pê，兇猛嚴厲的樣子。

47 累人：luī--lâng，連累到別人。

48 見棄：kiàn-khì，被拋棄。

這就是法的無私平等！
這就是時代的文明！

這麼廣闊的世間，
著[49]一個我怎這樣狹仄[50]。
到一處[51]違犯著法律，
到一處抵觸著規則。
耕好了田卻歸屬於官吏，
種好了稻竟得不到收穫。
這麼廣闊的世間，
著一個我怎這樣狹仄。

天的一邊，地的一角，
隱隱約約，有旗飄揚。
　被壓迫的大眾，
　被榨取的工農，
趨趨！集集！

---

49 著：tiòh，就。
50 狹仄：èh-tseh，狹窄、空間狹小沒有出路。
51 到一處：tò tsit-tshù，每到一處、所到之處。

聚攏到旗下去，

想活動於理想之鄉。

去！去！

緊隨他們之後。

我怎生這樣痴愚！

怎甘心在此受盡人欺負？

去！去！

緊隨他們之後。

尚有強健的腳和手，

且有耐得勞動的身軀。

版本說明｜本詩發表於《臺灣新民報》，1930 年 9 月 6、13、
20 日。發表時署名「甫三」。本詩第四部分，原預
定刊載於《臺灣新民報》1930 年 9 月 27 日，然該
期以空白形式刊出，現據手稿補回第四部分。稿本
編頁 1-16，稿紙（東京創作用紙），硬筆字，直書，
完稿，現存賴和紀念館。

現代生活的片影

稿本　《賴和手稿集・新文學卷》，頁 470-475。
刊本　《現代生活》創刊號，1930 年 10 月。底本

永遠的世間，
　　充滿著瞬間的人，
一瞬間的人，
　　竟有無窮的生命。
無量數的人羣，
　　有個單獨的我，
單獨的我，
　　竟不能離開這人羣，
　　也不能超越這世間。
這個單獨的我，
　　只是一天天，
　　反覆著那飲食、睡眠，
像這樣生活，
　　我是沒有一些留戀，

無奈這一種生的力，
不容人有意來拒絕。

在這無聊地、枯燥地，
　反覆著飲食、睡眠之間，
我每想到了我自己，
問所爲到底何事？
對此世間寧無辜負！
對此人羣有何應付！

　一天天，
　　白雲似的閒著，
　　車輪似的忙著，
　　花爛漫似的歡喜著，
　　天陰沉似的煩悶著，
　　雨淋鈴似的悲哀著，
　　雷霹靂似的憤怒著，
　也只是吃著、睡著，
　　無味地過著！

更可憐那些辛苦的兄弟
　勞働的農工們，
用盡氣力、流盡血汗，
過他困苦的日子，
僅能得不充分的睡眠，
　　糊亂粗惡的三餐。

一部分幸福的人，
整日裏追尋快樂，
靠著那不勞而獲的物質，
怡娛他的精神，
過著他奢侈淫縱的日。

××〔欺〕著小百姓××××〔抵抗無力〕，
仗著沒有出處××〔權威〕，
肆意××××〔凌辱壓迫〕，
　威風地亦自享受著，
　　　無愁與安適。

吾們人，辛苦勞力，

把那些血汗所得，

××××××××〔供獻做一部的犧牲。〕

培養牠×××××〔橫逆的威權，〕

增長牠××〔兇惡〕的勢力，

只嘗著生活的××〔苦痛，〕

喪盡了樂生的希望。

為什麼？有些人辛苦勞力，

沒得片時休息，

那安逸的人們

竟容易地，清閒快樂，以生以息，

使我懷疑、煩悶、××××〔憤怒、不平！〕

可是在這工作勞動裡，

一天挨[1]似一天，

這心境終歸冷靜。

---

1 挨：e，拖磨。

這敢就是運命！

不然？日球的循行，

怎不爲我少緩一刻，

使我有不須工作的時間，

得從事於生存外的勞力。

××！××！

來和這運命××。

版本說明｜本詩發表於《現代生活》創刊號，1930 年 10 月。
　　　　　頁 13。完稿。發表時署名「灰」。稿本 6 頁，稿紙
　　　　　（現代生活社原稿用紙），硬筆字，直書，完稿，
　　　　　現存賴和紀念館。稿本題爲〈現代生活的影片〉，
　　　　　刊本發表時刪除手稿之第二小節；另有一稿題爲〈生
　　　　　活的片影〉，只抄錄詩作前兩行。本詩改寫自 1924
　　　　　年新詩〈生活〉，刊本有部分内容被遮蓋，現據手
　　　　　稿補回。刊本可參閱《新編賴和全集・資料索引
　　　　　卷》，頁 478。

生與死

稿本　《賴和手稿集・新文學卷》，頁 402-405。
刊本　《臺灣新民報》，1930 年 11 月 29 日。底本

生，啊！眞不容易。

生，嘻！有甚艱難？

有人幸福到使人妬羨，

有人不幸到自己可憐，

這敢是[1]命運所註定？

這敢是勤怠所由判？

有苦樂懸殊的業佃[2]，

有鬪爭不息的勞資[3]。

有築路的夫役，

　　有汽車[4]中的紳士；

1　敢是：kám-sī，難道是。
2　業佃：gia̍p-tiān，業主與佃農。
3　勞資：ろうし，lô-tsu，勞動者與資本家。
4　汽車：きしゃ，khì-tshia，蒸汽火車。

有衣錦的貴婦，

　有織機畔的女子。

死，啊！光榮，

　天乎！可惜。

死，哈！應該，

　天呀！欣幸。

這敢是生命有差等？

這敢是愛惡所判定？

一樣是戰場上的伏屍，

　有叛逆的天誅，

　有神聖的戰死。

一樣是刑臺上的囚犯，

　有尊貴的帝王，

　有下賤的小販。

血性的男兒，

生要嘗到生的眞味[5]。

生，便忍受得：

　一切生的不幸；

生，要享受盡：

　所有生的幸福。

不幸，萬不甘[6]，

　供獻自己去做犧牲；

幸福，更不願，

　建立別人痛苦之上。

血性的男兒，

　生要嘗盡生的眞味。

血性的男兒，死則死耳，

　要牠什麼意義？

死，不須牠，嗟嘆憐惜；

死，不管牠，欣喜慶幸。

　死，死在病榻之上，

5　眞味：しんみ，tsin-bī，眞實的意味。
6　萬不甘：bān-put-kam，極不願。

這是男兒的恥辱；

死，死到銃劍[7]之中，

這是男兒的敗亡。

時間無不得不死的時候，

心靈有生之厭倦的念頭。

血性的男兒，死便死去，

要牠什麼意義？

一一、一八

版本說明｜本詩發表於《臺灣新民報》，1930 年 11 月 29 日。
發表時署名「甫三」。文末標注寫作時間為「11 月
18 日」。稿本 4 頁，稿紙（臺灣民報原稿用紙），
硬筆字，直書，完稿，現存賴和紀念館。本詩為「霧
社事件」而作，1930 年 10 月 17 日事件爆發，至
11 月下旬原住民反抗力量已被瓦解，本詩即寫作於
此時。另有新詩〈南國哀歌〉可參看。

7　銃劍：tshìng-kiàm，火鎗、刀劍。

新樂府

稿本 《新編賴和全集・資料索引卷》，頁 486-488。
刊本 《臺灣新民報》，1930 年 12 月 13 日。 底本

一

> 米粟[1]糶無價[2]，青菜也呆賣[3]，
> 飼豬了本錢[4]，鷄鴨少人買。
> 賺喰[5]非快活，種作[6]總艱計[7]，
> 官廳督促緊，納稅又借債。

二

> 街頭有小販，賺喰眞可憐，
> 一見警察官，奔走各紛然。

---

1 米粟：bí-tshik，稻米。
2 糶無價：thiò bô-kè，賣不到好價錢。
3 呆賣：pháinn-bē，歹賣，不好賣。
4 了本錢：liáu pún-tsînn，浪費本錢、虧本。
5 賺喰：tsuán-tsiáh，賺錢吃飯、謀生。
6 種作：tsìng-tsoh，耕作、種田。
7 艱計：kan-kè，艱難、困難。

行商如做賊，拿著[8]便要罰，

小可[9]講情理，手括[10]再腳躂[11]。

三

景氣尚未呆[12]，賺喰已不易，

頭嘴[13]六七人，逐日[14]拚到死。

婦女相幫助，始得可支持，

草笠無價數[15]，草蓆也便宜。

所入不供出，做工無塊去[16]，

派到人夫錢[17]，何處去借起。

8　拿著：liah-tioh，捉到。

9　小可：sió-khuá，稍微、些許。

10　括：kuat，用手掌橫拍。

11　躂：that，踢。

12　尚未呆：iáu bē-bái，還未變壞、景氣還算好的時候。

13　頭嘴：thâu-tshuì，一家裡的人口數。

14　逐日：tak-jit，每天。

15　無價數：bô kè-siàu，價錢不好。

16　無塊去：bô-tè khì，沒地方去、找不到工作。

17　派到人夫錢：phài-tiòh jîn-hu-tsînn，攤派到官方徵召男丁服勞役所需的費用。霧社事件後，官方密集抽調民間人力前往支援。例如 1930 年 11 月 20 日《臺灣日日新報》載：「對於霧社兇蕃討伐，當地所〔鹿港〕豫定徵發運搬人夫五十名。」同年 12 月 3 日載：「彰化郡第四次人夫六十名募集足數，本月一日出發。」

四

前年好景氣，生理[18]大賺錢，

夜夜上酒樓，快樂眞無比。

一旦景氣呆，虧損無所餘，

有[19]或要關門，有或著整理[20]。

銀行討利息，稅金期限至，

債主尤討緊，不肯減分厘，

貨物任抄封，只好潀頭味[21]。

五

百姓雖艱苦，做官顚倒好，

物價皆下落，給俸又昇高。

日日多罰金，年末多慰勞，

民間有欠賬，不敢對伊討。

---

18 生理：sing-lí，生意。
19 有：ū，有的人。
20 著整理：tiȯh tsíng-lí，必須進行債務整理。
21 潀頭味：giàn-thâu-bī，只能傻傻地無言以對，束手無策。

版本說明 │ 本詩發表於《臺灣新民報》，1930 年 12 月 13 日。
發表時署名「懶雲」。稿本 3 頁，稿紙（臺灣民報
原稿用紙），硬筆字，直書，完稿，現存賴和紀念
館。稿本篇末註明：「以上五首是曙光的材料。」
本詩與「霧社事件」相關，其中「派到人夫錢」句，
記錄當時官方徵調民間人力討伐原住民的史實。

農民謠

稿本　《賴和手稿集・新文學卷》，頁 408-414。
刊本　《臺灣新民報》，1931 年 1 月 1 日。底本

（一）

　　風吹雨打，

　　水浸日曝[1]，

　　一年中，崒崒〔辛辛[2]〕苦苦，

　　只希望：

　　　稻仔好，

　　　粟價高，

　　這辛苦，也即有補所[3]。

（二）

　　碎米蕃薯，

1　曝：pha̍k，曬太陽。
2　辛辛：稿本有賴和注釋：「辛，讀艱。」
3　補所：póo-sóo，報償。

菜脯[4]鹹魚，

一年中，儉儉省省，

只希望：

　好收成，

　無疾病，

這儉省，也即有路用[5]，

（三）

六月大水，

秧仔[6]淹沒，

等待到，大水退乾，

又不幸：

　圳頭[7]崩，

　圳水斷，

浸不死，也被日曝爛。

4　菜脯：tshài-póo，蘿蔔乾。
5　路用：lōo-iōng，用處、功效。
6　秧仔：ng-á，水稻的秧苗。
7　圳頭：tsùn-thâu，灌溉用水路的源頭。

（四）

十月收冬[8]，

只有四成，

這祇足，地主租額[9]，

留下來：

刈稻工[10]，

肥糞錢[11]，

無粟糶[12]，怎得去開支。

（五）

晒乾皷淨[13]（讀濾），

地主趕到（讀較），

一大堆，被他輦〔車〕走[14]，

只剩些：

8　收冬：siu-tang，收割。

9　租額：tsoo-giàh，田租的數額。

10　刈稻工：kuah-tiū-kang，割稻子的工資。

11　肥糞錢：puî-pùn-tsînn，肥料錢。

12　無粟糶：bô tshik thiò，沒有米可以賣。

13　皷淨：kóo lī，用風鼓分離出飽滿的稻穀，去除稻殼、雜屑。

14　輦〔車〕走：tshia tsáu，載走。

風皷尾，

二槽頭[15]，

看怎會，維持到年兜[16]。

（六）

籤刈布店，

茱架豬砧[17]，

無一位[18]，肯再賒欠，

又兼得：

這景氣，

無塊借[19]，

只好把，食衣來縮減。

---

15 風皷尾，二槽頭：hong-kóo-bué，jī-tsô-thâu。風皷尾指風鼓機前吹灑出來
　　的稻穀、稗草，二槽頭則是風鼓機出口旁的第二槽，較輕的雜屑或不飽
　　滿的米粒，會先被分離落在第二槽，較飽滿的米粒則落在第一槽；這兩
　　句指收成的稻米幾乎都無法出售。

16 年兜：nî-tau，年底最後的十日間。稿本原作「年到」，賴和注釋：「到，
　　讀兜，年底的意思。」

17 籤刈布店，茱架豬砧：kám kuah pòo-tiàm，tshài-kè ti-tiam。籤指籤仔店，即
　　雜貨店；刈指割店，即批發店；布即布店。茱架為果茱行，豬砧即賣豬
　　肉的店。

18 無一位：bô tsit-uī，再也沒有任何地方。

19 無塊借：bô-tè tsioh，無處可借錢。

（七）

　　期限要過，

　　當頭當盡[20]，

　　納不完官廳租稅，

　　又被他：

　　　　收稅官，

　　　　來催促，

　　駭怕得，真像犯著罪。

（八）

　　農會豆粕[21]，

　　圳務水銀[22]，

　　怎參詳[23]，也不允準[24]，

　　差押官[25]：

　　　　牽去牛，

---

20 當頭當盡：tǹg-thâu tǹg tsīn，可以典當的物品，都已經拿去典當。
21 豆粕：tāu-phoh，飼料、肥料，豆類榨油後剩下來的殘渣。
22 圳務水銀：tsùn-bū tsuí-gîn，使用埤圳水的租金。
23 參詳：tsham-siông，商量。
24 允準：ún-tsún，准許、許可。
25 差押官：tshai-ah-kuann，執行扣押的官吏。

拿去豬，

雞鴨鵝，一齊攏總去。

（九）

不勤不儉，

怕受飢寒，

幾年來，勤勤儉儉，

也依然：

　妻不飽，

　兒不暖，

自嘆命，受苦敢誰怨。

版本說明｜本詩發表於《臺灣新民報》，1931 年 1 月 1 日。發表時署名「甫三」，另附有李金土[26]作曲樂譜。刊本篇末有註「凡附有符號的字皆讀俗音」，但正文並無註記符號。稿本留有賴和標記俗音讀法。稿本 3 頁，稿紙（東京創作用紙），硬筆字，直書，完稿，現存賴和紀念館。

26 李金土：1900-1979，音樂家、小提琴家，臺北人。1925 年東京音樂學校畢業，返臺後長期任臺北第二師範學校音樂教師。

滅亡

稿本 《賴和手稿集・新文學卷》，頁 416-419。
刊本 《臺灣新民報》，1931 年 1 月 17 日。底本

去！去！

無聊不用愁嘆，

世間盡有歡樂的去處。

去！上酒樓去！

酒樓上只充滿著肉臭，

窒[1] 得人喘不出氣。

去！去！

無聊不用悽悲，

世間盡有排遣的工具。

去！去享受些溫柔，

去！去找愛的伴侶，

---

1 窒：that，阻塞、壓抑。

愛？愛神已棄我而遺[2]。

這無聊極的人生，
這厭倦了的生命，
死，未經驗的死，
　人生最後的這一事，
牽惹我多大憧憬。

死？死有方法無？
這一具強健的體軀，
又兼悟徹了養生主[3]，
數年間無病無災，
恐怕終把此志來辜負。

雖說還有自殺一途，
會許觸犯著耶穌[4]，

2　遺：uî，遺棄。
3　養生主：ióng-sing-tsú，語出《莊子・養生主》。此指照顧身體的要領。
4　耶穌：Iâ-soo，即耶穌，Jesus。基督徒所相信上帝之子的化身。

走不上到天國之路，
且難免有些痛苦，
又要惹下人邪推妄度[5]。

死神！我請願你，
現在也只能請願你，
請你惠給一些慈悲，
讓我俯伏到你腳下去，
我願意做你忠誠的奴隸，
請勿把我棄遺。

死神！應許我！
一定的應許我！
啊！我聽到了，
聽到了死神的回答，
定會指給我行進之路。

5　邪推妄度：siâ-tshui bōng-tōo，胡亂臆測。

「你這卑怯的人類！

你這懦弱的庸夫！

我的支配下，

　沒有卑怯者的位置；

我的威權下，

　不容庸懦者來沾汙。

等！等待自然的滅亡，

　你的生的時光，

　你的蒙羞受辱，

此後還是久長。

　等著！卑怯的奴隸！

等！等待自然的滅亡。」

一九三一、一、七

版本說明｜本詩發表於《臺灣新民報》，1931 年 1 月 17 日。
　　　　發表時署名「X」。文末標注寫作時間為「1931 年
　　　　1 月 7 日」。稿本 4 頁，稿紙（臺灣新民報原稿用
　　　　紙），硬筆字，直書，完稿，現存賴和紀念館。本

詩第二小節末三行書寫於稿紙背面，可參閱《新編
賴和全集・資料索引卷》，頁 489。

南國哀歌

稿本　《賴和手稿集‧新文學卷》，頁 422-428。
刊本　《臺灣新民報》，1931 年 4 月 25 日、5 月 2 日。 底本

所有的戰士已都死去，

只殘存些婦女小兒，

這天大的奇變，

誰敢說是起於一時。

人們所最珍重莫如生命，

未嘗有人敢自看輕，

這一舉會使種族滅亡，

在他們當然早就看明，

但終於覺悟地走向滅亡，

這原因就不容妄測。

雖說他們野蠻無知？

看見鮮紅紅的血，

便忘卻一切歡躍狂喜，

但是這一番[1]啊！

明明和往日出草[2]有異。

在和他們同一境遇，

　一樣呻吟於不幸的人們，

　　那些怕死偷生的一群，

在這次血祭壇上，

　　意外地竟得生存。

便說這卑怯的生命，

　　神所厭棄本無價值，

但誰敢信這事實裡面，

就尋不出別的原因？

「一樣是呆命人[3]！

　　趕快走下山去！」

1　這一番：tsit tsit-huan，這一回、這一次。

2　出草：tshut-tsháu，原住民獵首習俗。

3　呆命人：pháinn-miā-lâng，歹命人，命運坎坷的人。

這是什麼言語？

這有什麼含義？

這是如何地悲悽！

這是如何的決意！

是怨是讎？雖則不知；

是妄是愚？何須非議。

舉一族自願同赴滅亡，

到最後亦無一人降志[4]，

敢因為蠻性的遺留？

是怎樣生竟不如其死？

恍惚有這呼聲，這呼聲，

在無限空間發生響應。

一系系[5]涼爽秋風，

忽又急疾地為牠傳佈；

好久已無聲響的雷，

4　降志：kàng-tsì，貶屈志氣、投降。

5　一系系：tsit-si-si，一絲絲。

也自隆隆地替牠號令。

兄弟們！來！來[6]
來和他們一拚！
　憑我們有這一身，
　　我們有這雙腕，
　休怕他毒氣、機關鎗，
　休怕他飛機、爆裂彈。
　來！和他們一拚！
　兄弟們！
　　憑這一身，
　　　憑這雙腕。

兄弟們到這樣時候，
還有我們生的樂趣？
生的糧食儘管豐富，
容得我們自由獵取？

已闢農場已築家室，
容得我們耕種居住？
刀鎗是生活上必需的器具，
現在我們有取得的自由無[7]？
勞動總說是神聖之事，
就是牛也只能這樣驅使，
任打任踢也只自忍痛，
看我們現在，比狗還輸！

我們婦女竟是消遣品，
隨他們任意侮弄蹂躪；
那一個兒童不天真可愛，
凶惡的他們忍相虐待；
數一數我們所受痛苦，
誰都會感到無限悲哀。

兄弟們來！

7　無：--bô，句末疑問助詞，用來詢問是或否、有或無等，多讀爲輕聲。

來！捨此一身和他一拚。

我們處在這樣環境，

只是偷生有什麼路用？

眼前的幸福雖享不到，

也須爲著子孫鬥爭。

版本說明｜ 本詩發表於《臺灣新民報》，1931 年 4 月 25 日、5
月 2 日。發表時署名「安都生」。本詩下半部發表
時，只登載前六行，其餘部分未刊出，現據手稿補
回。稿本 7 頁，稿紙（臺灣新民報原稿用紙），硬
筆字，直書，完稿，現存賴和紀念館。手稿原題〈哀
歌〉。本詩爲「霧社事件」而作。1930 年 10 月 17 日，
賽德克族 Mhebu、Truwan、Boarung 等六社，趁霧社
公學校舉辦運動會之際，發起襲擊殺害內地人。10
月 31 日，臺灣總督府集結大量軍警武力，對霧社
原住民進行討伐，至 11 月下旬完全瓦解反抗力量。
12 月 26 日官方宣告「霧社事件」結束。參見《臺
灣歷史辭典》。

〔你們真是頑冥〕

稿本　《賴和手稿集‧新文學卷》，頁 482-483。
刊本　無。

你們眞是頑冥

你們怎會這樣頑冥

明知無可如何[1]

偏要把生命輕於一擲

只是取快一時

這樣，死原不足惜

這樣，死原不足惜

有誰竟會替你同情

若果死了事也遂息

只幾條無價值的生命

算不得多大犧牲

1　無可如何：bû-khó jû-hô，不能如何、無可奈何。

可是激盪了社會和平

未死的人纔是徼倖[2]

「寧作太平犬

不作亂世民」

這一句金言

你們也應記得

你們若安份些、勤勉些

不也是文明政治下

一個完全的百姓

雖然多受幾辱罵

多受幾下鞭打

這是應當感謝的教訓

料想不至骨斷皮破

未必就忍受不住

　何用把事情弄到這樣大

2　徼倖：hiau-hīng，僥倖，意外地免去了災禍。

版本說明｜稿本 1 頁，稿紙（東京創作用紙），硬筆字，直書，
完稿，現存賴和紀念館。以詩作內容與所用稿紙推
測，本詩是為「霧社事件」而作。內文有「寧作太
平犬，不作亂世民」句，1906 年 10 月 23 日見於《漢
文臺灣日日新報》：「支那諺語，有兩句話說的是
『寧為太平犬，莫作亂世人。』這兩句話，說的夠
多麼傷心哪。」1923 年 7 月 10 日，謝國文（柳裳君）
發表小說〈犬羊禍〉於《臺灣》雜誌，開篇即引用
此段文字，諷刺林獻堂、楊吉臣等臺灣仕紳加入官
方組織向陽會，後稱「犬羊禍事件」。約略同時，
辜顯榮發表演講擁護殖民統治，在解釋當年引日軍
入臺北城事時，亦引用此諺語自我辯解。參見〈辜
顯榮君的時事談〉，《臺灣民報》，1923 年 8 月 1 日。

思兒

稿本　無。
刊本　《臺灣新民報》，1931 年 6 月 27 日。

每當我見到人家的小孩，

總禁不住要激起一陣陣悲哀。

噯喲！我心愛的芳兒喲！

要是你還活在這世上，

不知現在會如何地長大！

每當我見到人家的小孩，

總禁不住使我憶起仁慈底父愛。

噯喲！我心愛的芳兒喲！

你怎麼這樣硬著心腸從爹娘的懷抱裡掙開，

任我如何呼喊，

連一些些影兒也不見回來。

每當我見到人家的小孩，

更禁不住要使我聯想到過去的歷來。

噯喲！我心愛的芳兒喲！

你那憨笑的臉龐，

你那啼哭的聲音，

到現在，

還歷歷地在我眼前耳畔徊〔徘〕徊。

唉！我心愛的芳兒喲！

你哭時的可憐，

你笑時的可愛，

雖僅僅是如曇花一現，

也永不會從我的腦裡跑開。

版本說明 | 本詩發表於《臺灣新民報》，1931 年 6 月 27 日。
發表時署名「安都生」。

低氣壓的山頂 (八卦山)

稿本　《賴和手稿集‧新文學卷》，頁 431-438。
刊本　《臺灣新民報》，1931 年 10 月 31 日。底本

天色是陰沉而且灰白，

郊野又盡被霾霧充塞。

遠遠地村落人家，

辨不出有雞狗聲息；

腳底下的熱鬧城市，

也消失了喧騰市聲。

眼中一切都現著死的顏色，

我自己也覺得呼吸要停。

啊！是不是？

　　世界的末日就在俄頃。

山喲水喲！樹林岩石喲！

　　飛的喲！走的喲！

　　巍峨的宮殿喲！

破陋的草屋喲！

痛苦的哀號喲！

快樂的跳舞喲！

勝利的優越者喲！

羞辱的卑弱者喲！

善的喲！惡的喲！

所有一切——生的無生[1]，

盡包圍在唬唬風聲裡，

自然的震怒：

似要把一切都毀滅去。

壙漠漠[2]的園圃，

一疊疊綠浪翻飛，

啊！這是飽漿[3]的甘蔗。

平漫漫[4]的田疇，

---

1 生的無生：sing-ê bû-sing，這一切生命、建物、苦樂、勝敗、善惡的生滅，
　皆非真實的生滅。所謂無生，乃無生無滅，即涅槃境界。賴和漢詩〈步
　笑儂君客思原韻〉有句：「悟入無生外，吟閒夕照邊。」
2 壙漠漠：khòng-bok-bok，原野一望無際。
3 飽漿：pá-tsiunn，成熟飽滿。
4 平漫漫：pîng-bān-bān，平坦、廣大。

一層層金波湧起，
啊！那是成熟的稻仔。
種田的兄弟們喲！
想你們鐮刀早已準備？

廣闊的海洋之上，
雪山般的怒濤，
　一座一座掀起碰碎，
那聲浪直衝破重疊空氣，
震撼我聾去了的雙耳。
啊！檣攲[5]、船破，
那些討魚的人們歸來未[6]？

一隻飛鳶翱翔雲裡，
似要將牠健翼戰風一試，
投入風的旋渦之中，

5　檣攲：tshiông khi，船的桅桿傾斜。
6　未：buē，置於句末的語尾助詞，表示疑問。

只見牠把兩翼略一斜攲[7]，
便再高高地衝上飛去，
那傲慢的睥睨，
　　眞是無些顧忌。

樹林中一隻小鳥，
忽地斂著雙翼投入草裡，
驚起了一匹白兔，
慌慌忙忙、跳跳躍躍，
似迷失了逃生去處。
在死的威脅之前，
　　鳶的嘴爪之下，
對著這自然的震怒，
　　一些也不知恐懼。

　　自然的震怒尚猶未息：
　　不斷地在呼呼叱叱。

7　斜攲：tshiâ-khi，傾斜。

雲似受到了命令，
層一層地向空中屯積，
雲隙中幾縷光明，
只剩些淡淡陰影，
日頭已失盡威光，
天容變到可怕地濃黑。

風亦具有服從的美德，
只聽到自然一叱，
就突破了樹林的屏障，
　飛越過山峯的阻隔；
　踢翻礙腳的甘蔗稻仔，
　拔倒高樓掀去屋脊；
　噓噓地開始著迴旋，
　唬唬地激動了一切。
這麼大的世間，
已無一塊安靜之地。

在這激動了的大空之下，

在這狂飆的迴旋之中，

只有那人們樹立的碑石[8]，

兀自崔嵬[9]不動，

對著這暗黑的周圍，

放射出矜誇的金的亮光。

那座是六百九十三人之墓[10]，

這座是銘刻著美德豐功。

雲又聚得更厚，

風也吼得更凶，

自然的震怒來得更甚，

空間的暗黑變得更濃。

世界已要破毀，

8　碑石：北白川親王彰化遺跡碑，位於八卦山，1915 年 3 月 3 日落成。北
　　白川宮能久親王，1847-1895，日本皇族，乙未征臺戰役時任近衛師團長。
　　1895 年 5 月自澳底登陸，6 月進臺北城，8 月攻陷彰化縣城，10 月病死
　　於臺南（一說為民兵所殺）。
9　崔嵬：tshui-guî，高大、聳立。
10 六百九十三人之墓：指彰化孔廟東側之明倫堂，1900-1902 年間在此設置
　　臺中監獄彰化支監之獄房及死刑場，參見賴和散文〈我們地方的故事〉。

人類已要滅亡，
我不爲這破毀哀悼，
我不爲這滅亡悲傷。

人類的積惡已重，
自早就該滅亡，
這冷酷的世界，
留牠還有何用？
這毀滅一切的狂飈，
是何等偉大淒壯。
我獨立在狂飈之中，
張開喉嚨竭盡力量，
大著呼聲爲這毀滅頌揚，
併且爲那未來的不可知的
人類世界祝福。

一〇、二〇

版本說明｜本詩發表於《臺灣新民報》，1931 年 10 月 31 日。
　　　　　發表時署名「甫三」。文末標注寫作時間爲「10 月
　　　　　20 日」。稿本 8 頁，稿紙（臺灣新民報稿用紙），
　　　　　硬筆字，直書，完稿，現存賴和紀念館。稿本署名
　　　　　「甫三」。手稿原題〈低氣壓的山頂〉。

是時候了

稿本　《賴和手稿集‧新文學卷》，頁441。
刊本　《臺灣新民報》，1931年11月14日。底本

是時候了，跟我來！

　你是什麼呢？

不認得嗎？

　啊！死神。

　我還要活，

　我不願意死。

你不是常在咒念[1]？

咒我不早來臨。

貧苦的人喲！

你現在不餓了嗎？

　餓，猶還是餓啊。

　看！只這薄薄的皮，

　　張在瘦瘦的骨上，

1　咒念：tsiù-liām，詛咒。

你不憐恤我嗎？

請賜給我一些恩惠。

呸！卑怯的人，

因爲你最後的希望，

我纔撥工[2]特來邀你，

轉要求些另外的恩惠。

卑怯的人喲！等著！

還有更多的——餓寒困苦，

這就是格外的賜與。

啊！死神！

這不過於殘酷嗎？

你竟一些也沒有同情。

卑怯的人喲！

你要明白我，

看！我的面上有沒有？

那慈善家的假面？

二、一

2　撥工：puah-kang，抽空。

版本說明│本詩發表於《臺灣新民報》，1931 年 11 月 14 日。
　　　　　發表時署名「浪」。文末標注寫作時間為「2 月 1
　　　　　日」。稿本 1 頁，筆記紙背面（新民報社用箋），
　　　　　硬筆字，直書，完稿，現存賴和紀念館。手稿筆記
　　　　　紙正面為黃周（醒民）來函。

祝曉鐘的發刊

稿本　《賴和手稿集‧新文學卷》，頁 444-445。
刊本　《曉鐘》創刊號，1931 年 12 月。底本

空空空空[1]，

響破雲幕，放出陽光，

驅逐走那夜的黑暗，

使人還到光明之中。

空空空空，

詩情禪味，帶月含霜，

只怕這古代的逸響，

不及『塞璉[2]』響遠聲亮。（サイレン）

空空空空，

墜沉不惜，破裂何傷，

1　空：khong，狀聲詞，鐘聲。
2　塞璉：サイレン，sài-liân，汽笛。

人們離開幻夢之境，
世間又再開始活動。

空空空空，
曙光朦朧，東方已亮，
勿再綣縮在被窩中，
留戀著迷離的殘夢。

起來起來，
爲要生存，總著³勞動，
水螺都都⁴地在呼喚，
隸屬牠的工人上工。

拚命拚命，
生命不絕，努力不窮，
因爲這一日的糧食，
昨天困倦早已遺忘。

---

3 總著：tsóng-tio̍h，總得要。
4 都都：tu-tu，狀聲詞。

空空空空，

日頭欲起，雲彩鮮紅，

農人們早走向田中，

犁頭架在耕牛肩上。

戰戰兢兢，

官廳租稅，頭家[5]租粟，

那顧得帶霜的風冷，

還計及凍裂的土硬。

忙忙迫迫，

歲月無盡，勞苦莫息，

田裡工課[6]尚還未了，

補修道路又有徭役。

（一九三一・一一・一一）

5　頭家：thâu-ke，老闆、地主。

6　工課：khang-khuè，工作。

版本說明│本詩發表於《曉鐘》創刊號，1931 年 12 月，頁 3-4。
發表時署名「甫三」。文末標注寫作時間為「1931
年 11 月 11 日」。稿本 1 頁，稿紙（東京創作用紙），
硬筆字，直書，完稿，現存賴和紀念館。《曉鐘》，
曉鐘社刊物，1931 年 12 月 18 日在虎尾郡發行。編
輯兼發行人吳仁義，同仁另有蔡文忠、蔡秋桐、吳
澄淵、吳久、張水牛。

寂寞（歌仔曲新哭調仔）

稿本　《賴和手稿集・新文學卷》，頁 352-356。
刊本　無。

做人這樣也齊全[1]，

　喰[2]穿不免[3]去打算，

睏足[4]起來便喰飯，

　喰飽坐到骨頭酸，

遊山玩水也已懶，

　無事只恨日頭長[5]。

夜來雲散風亦息，

　天愈清高月愈白，

菊花葉上堅[6]著霜，

1　齊全：tsiâu-tsn̂g，周全，圓滿。
2　喰：tsiàh，吃。
3　不免：m̄-bián，不用。
4　睏足：khùn-tsiok，睡飽。
5　日頭長：jit-thâu tn̂g，日照太長，時間過得太緩慢。
6　堅：kian，凝結。

芭蕉葉下露水滴。

唉啊！這樣良宵將奈何，

要去睏也勿睏得[7]。

閒來行到小逸堂，

鋪庭細草[8]已拋荒[9]，

梅花因何也憔悴，

枝枒瘦骨月影中，

空屋繞簷飛蝙蝠，

壁上唧唧鳴守宮。

圖書館裡也空空，

暖爐冷了無人烘，

幾架書備漢和洋，

架上盡掛蜘蛛網，

入門嗅著臭黴味[10]，

7　要去睏也勿睏得：beh khì khùn iā bē khùn-tit，想去睡也睡不著。

8　鋪庭細草：phoo-tiânn sè-tsháu，像是鋪滿整個庭院般的茂盛、濃密的小草。

9　拋荒：pha-hng，久未耕作整理，任其荒蕪。

10　臭黴味：tshàu-phú bī，發霉的味道。

想起火燒阿片香。

眞久無嗅著阿片味，

　事情過了也忘記，

今冥[11]無端想出來，

　件件使人心傷悲，

壁上題詩分明在，

　「人一能之己百之[12]」。

永過[13]兒童玩遊伴，

　至今猶留舊情誼，

可憐受著指摘身，

　朋友雖然不厭棄，

帶著思想危險人，

　自己也著[14]來迴避。

---

11 今冥：kin-mê，今天晚上。
12 人一能之己百之：語出《禮記‧中庸》。他人一次能夠做好，我可以做
　　一百次。意謂勤能補拙。
13 永過：íng-kuè，以前、過去。
14 也著：iā-tio̍h，也得。

數數眼前舊同志，
　疏疏落落久分離，
有人像我嘆無聊，
　銷去熱情併鬥志，
有人遊學去東京，
　有人守著愛的伴侶。

我又不耐得寂寞，
　日日吐氣[15]怨孤獨，
富豪忌[16]我像惡蛇，
　散人[17]講我已墜落，
站在這樣環境中，
　叫我如何去振作？

想趁[18]詩翁學做詩，

---

15 吐氣：thóo-khuì，嘆氣、嘆息。
16 忌：khī，忌諱、顧忌迴避。
17 散人：sàn-lâng，窮人。
18 趁：thàn，趁著、跟隨。

但礙粗俗不相宜，

醇酒婦人法最好，

　無錢也是難如意，

只怕一時起顛狂[19]，

　走入溪中去飼魚[20]。

慨然幾次想奮起，

　走向民眾中間去，

雖曾下了堅決心，

　無奈皺不起勇氣，

只立在十字街頭，

　惹得來往人注視。

版本說明 | 稿本 5 頁，稿紙（臺灣新民報稿用紙），硬筆字，
　　　　直書，完稿，現存賴和紀念館。稿本署名「甫三」。
　　　　本詩內容與〈寂寞的人生〉部分重複，所用稿紙與
　　　　〈低氣壓的山頂〉相同，推測寫作時間在 1931 年
　　　　底或之後。

19 起顛狂：khí tian-kông，發狂、發瘋。
20 走入溪中去飼魚：tsáu-jip khe-tiong khì tshī-hî，指投河自盡。飼魚，即餵魚。

相思（歌仔調）

稿本　《新編賴和全集‧資料索引卷》，頁 490。
刊本　《臺灣新民報》，1932 年 1 月 1 日。底本

阮[1]是兩人相意愛[2]，

　若無說出恁[3]不知？

阮著[4]當頭白日[5]來出入，

　共[6]恁外人乜治代[7]？

恁偏愛講人歹話[8]，

　使阮驚心[9]不敢來，

娘子疑我合伊歹[10]，

1　阮：gún/guán，我們。

2　相意愛：sio ì-ài，互相喜歡。

3　恁：lín，你們。

4　著：tiòh，得要。

5　當頭白日：tng-thâu-pèh-jit，光天化日之下、光明正大。

6　共：kiōng，和。

7　乜治代：mí tī-tāi，有什麼相干？

8　歹話：pháinn-uē，壞話。

9　驚心：kiann-sim，害怕。

10　合伊歹：kap i pháinn，和她的關係變壞、損毀。

冥日[11]相思眞利害！

頭上貼著鬢邊膏[12]，

　身軀消瘦可憐代[13]，

伊正洗衫[14]我返來，

　心頭歡喜撲撲猜[15]。

只爲身邊人眾眾[16]，

　不敢講話眞無采[17]，

恨無鳥仔[18]雙箇翼[19]，

　隨便飛入伊房內。

版本說明｜ 本詩發表於《臺灣新民報》，1932年1月1日。
發表時署名「T」。稿本1頁，稿紙，硬筆字，直
書，完稿，現存賴和紀念館。手稿原題〈相思（歌
仔調）〉，發表時改爲〈相思歌〉，今從手稿。

---

11 冥日：mî-jit，日夜。
12 鬢邊膏：pìn-pinn-ko，頭痛貼的藥膏；表示因相思而頭痛。
13 可憐代：khó-liân-tāi，值得可憐的事情。
14 洗衫：sé-sann，洗衣。
15 撲撲猜：phok-phok-tsháinn，心頭撲撲通撲通作響。
16 人眾眾：lâng-tsìng-tsìng，人很多。
17 眞無采：tsin bô-tshái，非常可惜。
18 鳥仔：tsiáu-á，小鳥。
19 雙箇翼：siang-ê-sit，雙翅。

相思歌

稿本　無。
刊本　《臺灣新民報》，1932 年 1 月 1 日。

前日公園會著[1]君，
　　怎會即[2]溫存，
害阮心頭拿不定，
　　歸日[3]亂紛紛[4]。

飯也懶[5]喰茶懶吞[6]，
　　睏也未安穩，
怎會這樣想不伸[7]，
　　敢是為思君。

1　會著：huē-tióh，見面、相見。
2　即：tsiah，表示強調的語氣。這麼。
3　歸日：kui-jit，整天。
4　亂紛紛：luān-hun-hun，心情紛亂。
5　懶：lán，無精打采的、不想動的。
6　吞：thun，吞嚥。
7　想不伸：siūnn-bē-tshun，想不開。

批來批去[8]討厭恨，

　　夢是無準信[9]，

既然兩心相意愛，

　　那怕人議論？

幾回訂約在公園，

　　時間攏無準[10]，

相思樹下獨自坐，

　　等到日黃昏。

黃昏等到七星[11]出，

　　終無看見君，

風冷露涼艱苦忍[12]，

　　堅心[13]來去睏。

8　批來批去：phue lâi phue khì，信件往返。
9　無準信：bô-tsún-sìn，無法確實相信。
10　攏無準：lóng bô-tsún，都不準時赴約。
11　七星：tshit-tshenn，北斗七星。
12　忍：jún，忍耐、忍受。
13　堅心：kian-sim，堅決、決心。

版本說明｜本詩發表於《臺灣新民報》，1932 年 1 月 1 日。發
表時署名「懶雲」。

月光

稿本　《賴和手稿集‧新文學卷》，頁 449。
刊本　《南音》1 卷 3 號，1932 年 2 月 1 日。底本

月光露水重[1]，晚稻[2]一定好。那知望花時[3]，風颱[4]忽
來做。粟粒勿結漿[5]，空存稻仔稿[6]。早冬[7]著蟲害，
晚冬[8]又收無。頭家不減租，租管日追討。豆粕也
到期，稅金不容逃。當，無值錢物；借，無人敢保。
欠了頭家租，準是[9]無用作。欠了官廳稅，抄封更
艱苦。牽牛[10]無到額[11]，厝宅賣來補。一家五六人，

1　月光露水重：guéh kng lōo-tsuí tāng，月色清亮、露水充沛，表示天候極佳。
2　晚稻：mńg-tiū，第二期的稻作。
3　望花時：bāng-huē-sî，稻子就要開花時。
4　風颱：hong-thai，颱風。
5　勿結漿：buē kiat-tsiunn，無法結穗。
6　稻仔稿：tiū-á-kó，稻桿。
7　早冬：tsá-tang，第一期稻作，通常在 6 月。
8　晚冬：ún-tang，第二期稻作，通常在 10 月。
9　準是：tsún-sī，當做。
10　牽牛：khan gû，牽牛去賣。
11　無到額：bô-kàu-giáh，不足繳交租稅所需金額。

流離共失所。景氣講[12]恢復，物價起加五[13]。錢又無塊趁[14]，日子要怎度？

版本說明｜本詩發表於《南音》1 卷 3 號，1932 年 2 月 1 日。發表時署名「玄」。稿本 1 頁，稿紙（株式會社大眾時報社原稿用紙），硬筆字，直書，完稿，現存賴和紀念館。本詩與〈農民嘆〉開頭相近。

---

12 講：kóng，說是。
13 起加五：khí ka gōo，漲了百分之五。
14 無塊趁：bô-tè thàn，沒地方可以賺錢。

冬到新穀收

稿本　《賴和手稿集・新文學卷》，頁 456-457。
刊本　無。

冬到[1]新穀收，

田主[2]撚嘴鬚[3]。

咱厝[4]大小面憂憂[5]，

討租、徵稅鬧不休，

幼子哭妻叫苦，

哭沒有米粥湯[6]，

苦著火食難的渡[7]。

---

1 冬到：tang-kàu，到了稻作的收成期。臺灣稻作分爲早冬（6 月）與晚冬（10 月）兩期。

2 田主：tshân-tsú，地主。

3 撚嘴鬚：lián tshuì-tshiu，搓鬍鬚，輕鬆自在的樣子。

4 咱厝：lán tshù，我們家。

5 面憂憂：bīn-iu-iu，愁眉苦臉。

6 米粥湯：bí-muâi-thng，稀飯湯，加了湯水更加稀釋的稀飯。

7 火食難的渡：hué-si̍t lân-tit tōo，意謂每天吃飯都有問題。「火食」即熟食，「難的渡」指難以度日。此爲臺灣民間契約常用詞語，例如：「家事貧寒，日食難度，懸磬興悲，朝夕無以糊口」，參見《清代臺灣大租調查書・典賣字》。

收多真忙苦，

喚〔換〕無三頓[8]粥湯好下肚，

勞碌到沒衫沒褲，

想進前、又無路，

退後——只好捧腹待死路。

想著目屎[9]像西北雨[10]，

目屎雨、流落肚，

可已〔以〕做粥湯——

安慰餓腸肚。

一年這樣忙不休，

囊裡空的洗一樣[11]，

換來苦悲愁。

唉！咱[12]愁他不愁，

---

8 三頓：sann-tǹg，三餐。

9 目屎：ba̍k-sái，眼淚。

10 西北雨：sai-pak-hōo，夏季午後的驟雨，時大時小，常伴有雷電和強風。

11 囊裡空的洗一樣：lông-lí khong-tik sé-tsi̍t-iūnn，口袋空空、一貧如洗。

12 咱：lán，我們。

稅主、田主不許你哀求。

結局當賣[13]了子女，

去換來一枚[14]空領收[15]。

唉！新冬穀完收，

生活更難籌[16]。

愈想愈煩惱，

愈想愈悲愁，

若再這樣做下去，

總會沒個好下場。

一冬[17]望過一冬相添補[18]，

那知愈做愈絕路，

問兄弟呵，

那兒還有我們的活生路？

---

13 當賣：tǹg-bē，典當、賣售。

14 一枚：いちまい，tsit-buê，一張。

15 領收：りょうしゅうしょ（領收書），líng-siu，收據。

16 籌：tiû，籌辦、打理。

17 一冬：tsit-tang，一年。

18 相添補：sann thinn-póo，相互補貼。

一九三二年、二、廿五

版本說明｜稿本 1 頁，筆記紙（直式），硬筆字，直書，完稿，
現存賴和紀念館。文末標注寫作時間爲「1932 年 2
月 25 日」。

呆囝仔（獻給我的小女阿玉）

稿本　無。
刊本　《臺灣文藝》2 卷 2 號，1935 年 2 月 1 日。

呆囝仔[1]　不是物[2]

　一日[3]喰飽溜溜去[4]

　嬒曉[5]看顧恁[6]小弟

　只管自己去遊戲

呆囝仔　人是不痛你[7]

呆囝仔　不是物

　一日當當[8]要討錢

1　呆囝仔：pháinn-gín-á，壞孩子。
2　不是物：m̄-sī-mih，指不成材、不能成爲有用之物。
3　一日：tsit-jit，整天、終日。
4　溜溜去：liù-liù-khì，到處亂跑。
5　嬒曉：bē-hiáu，不會。
6　恁：lín，你的。
7　人是不痛你：lâng sī m̄-thiànn--lí，別人不會疼愛你。
8　當當：tong-tong，常常、不斷。

三頓不喰使癖片[9]

四秀[10] 挑來擔擔拑[11]

呆囝仔　人是無愛碟[12]

呆囝仔　不是物

愛穿好衫[13] 著較美[14]

𠢕曉保惜[15] 顧清氣[16]

染到塗粉[17] 滿滿是[18]

呆囝仔　會喰竹仔枝[19]

呆囝仔　不是物

9　使癖片：sái phiah-phìnn，耍脾氣、耍個性。

10　四秀：sì-siù，零嘴、零食。

11　擔擔拑：tànn-tànn-khînn，每一個零食攤販挑擔仔過來，都牢牢抓住不放手。

12　人是無愛碟：lâng sī bô ài tih，人家不要你了喔。碟：tih，要，擁有。

13　好衫：hó sann，好的衣服。

14　著較美：tiȯh khah suí，就比較漂亮。

15　保惜：pó-sioh，珍惜、愛惜。

16　顧清氣：kòo tshing-khì，保持乾淨。

17　塗粉：thôo-hún，灰塵汙垢。

18　滿滿是：muá-muá-sī，布滿。

19　會喰竹仔枝：ē tsiȧh tik-á-ki，會被人用竹枝條責打。

無啥無事[20] 哭啼啼

哄騙不煞[21] 人受氣[22]

要叫不敢[23] 就較遲

呆囝仔　無拍獪改變[24]

版本說明 | 本詩發表於《臺灣文藝》2卷2號，1935年2月1日。
發表時署名「甫三」，題目前標注「童謠」。

---

20 無啥無事：bô-siánn bô-tāi，沒由來地。

21 不煞：bē suah，不停止。

22 受氣：siū-khì，生氣。

23 要叫不敢：beh kiò m̄-kánn，要說不敢了、要認錯了。

24 無拍獪改變：bô phah bē kái-pìnn，不打不會改變行為。

秋——

稿本　《賴和手稿集‧新文學卷》，頁 452。
刊本　無。

汝對於自然、人生

有的不知是這〔怎〕麼含義[1]？

版本說明｜稿本 1 頁，稿紙（文英社），硬筆字，直書，完稿，
現存賴和紀念館。寫作時間不明。

1　此句初稿爲：「再有什麼別的含義？」

酬林先生

稿本　《賴和手稿集‧新文學卷》，頁 452-453。
刊本　無。

近來詩已久不做　偶然得句也不好

因為做得不能好　所以愈覺無心做

詩雖不要怎樣好？不好不能道吾所欲道

不事[1]呻吟兩年多　腹中墨汁早枯稿〔槁〕

今夜不速來先生　贈我詩篇要我和

平仄韻腳拘束人　使我枯腸搜索破

腸破不能同笑歡　默然忍痛扶腹坐

夜深睡魔正擾人　神智昏沉欲睡倒

版本說明 | 稿本 1 頁，稿紙（文英社），硬筆字，直書，完稿，
　　　　　　現存賴和紀念館。寫作時間不明。

1　不事：put-sū，沒有從事，此指不作詩。

農民嘆（押臺灣土俗韻）

稿本　《賴和手稿集‧新文學卷》，頁 453。
刊本　無。

月明露水多　　晚稻定然好

不意[1] 三日風[2]　滿田剝黃稿[3]

早季[4] 患蟲害　甚者家已破

穩冬[5] 復失收[6]　喪本[7] 無田作[8]（讀作字的入聲）

甘蔗發育佳　傾倒滿官道

豈無種蔗心　也曾喪本過

〔以下原稿闕頁〕

1　不意：put-ì，沒想到。
2　三日風：sann-jit-hong，指連日刮風。
3　剝黃稿：pak n̂g-kó，稻穗被風吹落，只剩下稻草。
4　早季：tsá-kuì，第一期稻作。
5　穩冬：ún-tang，第二期稻作。
6　復失收：koh sit-siu，又欠收。
7　喪本：sòng-pún，賠了本錢。
8　田作：tshân-tsok，收成、收穫。

版本說明｜稿本1頁，稿紙（文英社），硬筆字，直書，未完稿，
　　　　　現存賴和紀念館。本詩與〈月光〉開頭相近。

〔冰冷冷的風〕

稿本 《賴和手稿集・新文學卷》，頁 478-480。
刊本 無。

冰冷冷的風，

吹得人血凝肌縮[1]；

熱烘烘的日，

曝得人骨焦皮腫[2]。

這天然的爐錘[3]：

是多麼無法抵抗！

似憐憫著人們的脆弱，

要把牠鍛鍊成不撓[4]之鋼。

冰冷冷的風，

吹得人血凝肌縮。

---

1 血凝肌縮：hueh-gîng ki-kiu，血液凝固、身體收縮，形容非常寒冷。
2 骨焦皮腫：kut-ta phuê-tsíng，骨頭燒焦、皮膚紅腫，形容非常炎熱。
3 爐錘：lôo-thuî，爐鏈，意即鍛鍊。
4 不撓：put-ngiáu，不會彎曲、不會屈服。

一吹到高樓大廈中去，
只會把暖爐的炭火，
吹得分外紅燄煖烘[5]。

熱烘烘的日，
曝得人骨焦皮腫。
一射到高樓大廈中去，
只會把電扇旋轉催動，
使送出涼爽的清風。

啊！
這冰冷冷的風，
這熱烘烘的日，
只是和那無衣無笠的人作對喲！

版本說明｜稿本 2 頁，稿紙（東京創作用紙），硬筆字，直書，
　　　　　完稿，現存賴和紀念館。寫作時間不明。

5　紅燄煖烘：âng-iām luán-hang，火焰熾紅，溫度炙熱。

溪水漲

稿本　無。
刊本　《文化交流》第 1 輯，1947 年 1 月 15 日。

溪水漲來時，

只顧得一身逃避，

田園盡〔儘〕管崩潰，

家宅只任流失，

逃得一身活，

已算堪恭喜！

溪水歸去時，

始覺置身無地，

不幸又留得妻兒，

未曾被流到海裡。

死掉只有一番傷悲，

活著手〔平〕添無窮拖累！

何處去種作，

上已無一尺土[1]，

欲不事種作，

使禁得腹中飢餓，

也止不住兒啼妻哭！

還留得鋤頭、糞箕[2]，

猶有能夠勞動的身體，

也算生存尙有工具。

溪底的石頭埔[3]，

原是當年好田土，

拿鋤頭、挑糞箕，

使盡了說不盡的辛苦。

石頭一粒一粒，

1　上已無一尺土：siōng í-bô tsit-tshioh thôo，沒有足夠的土壤厚度可以耕種。

2　糞箕：pùn-ki，畚箕，盛土的工具。

3　石頭埔：tsiòh-thâu-poo，河川兩旁的砂石地。

搬到了水邊，

鋤頭一下一下，

離開了土面；

想望能夠成田，

那顧惜手足決裂，

只望能早成田，

那顧得風吹日煎；

流來多少血汗，

好容易纔墾闢成田。

種作還未到收成，

就說違犯著規矩，

隨隨便便被取上⁴去，

下付與退職官吏。

下何處去種作，

上已無一寸土，

4　取上：とりあげる，tshú-siōng，沒收。

欲不事種作，

使禁得腹中飢餓，

也止不住兒啼妻哭！

版本說明｜本詩發表於《文化交流》第 1 輯，1947 年 1 月 15 日。
　　　　　發表時署名「賴和遺稿」。本詩內容與〈流離曲〉
　　　　　相似。

附錄

日光下的旗幟

稿本　《賴和手稿集·新文學卷》，頁 460-463。
刊本　《臺灣文藝》2 卷 7 號，1935 年 7 月 1 日。底本

天上赫赫地輝耀著日光，
空際展轉地旗幟在飄揚。

　　日光喲！多謝你、多謝你，
　　給了光明於這世界之上。
　　雖然尚有夜的黑暗，
　　有了這些時的光明，
　　已夠爲著生去從事勞動。

旗幟喲！你那鮮麗的色彩，
是不是人類的血所染紅？

　　雖然飄揚於高空之上，
　　要知道旗竿所樹幟，
　　有千萬隻手在支撐。
　　我愛惜那輝耀的日光，
　　在這日光照耀之下，

我仰望著旗幟的飄揚。

啊！我願意、我願意，

迸出沸騰在心脇的血，

去染遍那旗的全面，

使牠再加一層地鮮紅。

是怎樣？是怎樣？！

我向來勞動很是勤奮。

總覺得不夠生存，

受慣了凍餓的身軀，

只見滅亡日漸迫近。

染在旗面的紅的血色，

也被了塵沙所埋沒。

由淡黃而變成鐵黑，

到現在已經辨認不出。

讓他人去誇耀罷！[1]

這天上赫赫的日光，

　無時不照耀著他們的國旗高揚。

1　〔編按〕此句以下，應為賴和創作。

我們的旗幟展轉地，

只合樹立在冰雪之中。

支撐的手已盡皴裂[2]，

空際的旋風又很猖狂，

就任地去吹倒罷。

我們已到了血盡力窮，

極地已看到日光。

冰雪也漸自消溶。

旋風也已經靜息，

破裂了的旗幟，

尚飄揚於高空之上！

旗竿雖幸不至傾倒，

那支撐牠隻隻的手，

已堆成了白骨高坵。

地面被溶雪洗淨過，

看不見血痕的遺留，

天上赫赫地輝耀的日光，

2　皴裂：tshun-li̍t，裂開、龜裂。刊本作「破裂」，今從稿本。

空際展轉地旗幟在飄揚！

——錄舊作

版本說明｜本詩發表於《臺灣文藝》2 卷 7 號，1935 年 7 月 1 日。
發表時署名「孔乙己」。稿本 2 頁，稿紙（東京創
作用紙），硬筆字，直書，完稿，現存賴和紀念館。
根據廖漢臣（毓文）所述，本詩作者為林克夫，參
見〈同好者的面影三〉，《臺灣新文學》1 卷 5 號，
1936 年 6 月。以賴和留存手稿字跡與修改狀態研判，
本詩從「讓他人去誇耀罷！」句以下，應為賴和增
補之創作。

辛酉一歌詩

稿本　無。
刊本　《臺灣新文學》第 1 卷 8、9 號，2 卷 1 號，1936
　　　年 9 月、11 月、12 月。

抄註後記

　　彈詞「辛酉[1]一歌詩」雖是屬於匠人經心之作，不大
為人所唱，然它這故事——天地會底紅旗反[2]，於中部一帶
卻頗為膾炙人口，而個人耳聞所及，單是私人間的著述，
就有四、五種。即以敝地來說，已有陳捷魁[3]、吳德功[4]先

1　辛酉：咸豐 11 年辛酉冬，即 1862 年初。戴潮春事件，1862-1864，民變。
　　戴潮春，小名萬生，故又稱戴萬生。彰化縣四張犁人（今臺中市北屯區）。
　　世為北路協稿識，革退家居，乃招集舊黨為天地會。同治元年 3 月，林
　　日成在大墩殺淡水同知秋日覲；戴潮春攻入彰化縣城，臺灣道孔昭慈仰
　　藥自盡。此後兵禍三年。同治 2 年冬 12 月，戴潮春被斬於北斗溪。同治
　　3 年春正月，林日成被斬於四塊厝。同治 4 年嚴辨被擒殺於二重溝，呂仔
　　梓被蔡沙沉於海。臺灣歷時最久的民變終告結束。
2　反：huán，造反、叛亂。
3　陳捷魁：字汝梅，茄苳腳人（今彰化縣花壇鄉），咸豐 11 年拔貢生。戴
　　潮春事件時，為二十四莊總理，領莊中丁壯禦敵。
4　吳德功：1850-1924，仕紳。字汝能，號立軒，彰化縣城總爺街人。同治
　　13 年獲秀才，光緒 21 年膺歲貢。曾參與主修《彰化縣志》，並完成採訪
　　冊，然乙未時散失。日治時期曾任教於臺中師範學院。著有《戴施兩案
　　紀略》、《讓臺記》、《瑞桃齋詩稿》等。其過世後，賴和寫有漢詩〈哭

生爲這故事執過筆，又據謂也都是以詩詞記錄的。由此可見這篇彈詞之作，並非偶然的了。

　　然而，於今日我們卻連牠底作者爲誰，也無從去查考起了。唱者楊清池[5]他老人家，是最有資格頂戴這頭銜的，不過，在他之前，還有一個人，那就是他的老師，論他作梗，所以作者爲誰，我們還是不便遽爲肯定。並且究之年代，雖說唱者是個六十以上的老人家了，但就使是曾遭逢了那大場面，當時還祇是個不懂事的小孩子，這論詩歌裡那種綿密不漏的描述，其間是不能沒有疑慮的。當然當詩歌再由他的口歌唱出來，難免不有他自己的話夾入，可是這並不能改變了原作本來的面目。因此，關於這篇的作者，我們祇好這樣讓他懸而不決了。

　　再其次一點，我們必需做而不能做的事情，是篇中種種事跡、人物的考證。比如戴萬生底死，有幾種傳說就各不相同：有病死之說、有自殺之說，而在此首歌中，則說是被賣了。又如與林有里〔理〕一起來臺平亂的兩個

吳德功先生〉。

5　楊清池：本詩作者，生平未詳。《楊守愚日記》稱其爲「柴坑仔丑」。柴坑仔，原爲巴布薩平埔族之柴坑仔社，即今彰化市國聖里。丑，滑稽的表演者。

大、小曾底名字，現在也因手頭無書，也祇好任牠缺如了。然而最叫人抱憾的，卻是那些個人的述作的不輕易示人，要不，把這些記述著同一事體的不同的幾篇文字拿來一起比較，必能更有所得，但這還是只好留待給史家們去理會了！

至於這首歌詩是好是壞？就讓讀者來批判了。而我們敢以自信大膽地來發表這篇文字，則是覺得這比之《三伯英臺》等唱片，不但不稍遜色，而且還有更多可取之處，若：由全篇歌詞中的那種坦直單純的話語，所表達出來的農民底渾厚樸質的情感，任誰讀著、聽著也不能不為之打動啊！這是現今流行的一般歌曲所望塵不及的。

最後該來說一點抄註的經過。

這篇稿子是懶雲先生的舊稿，大約是十年前罷，他特地找了來那位老遊吟詩人來唱，費了幾天工夫速記下來的。但是當此次謄抄時，卻發見了有幾處遺漏和費解的，拿去問他，他因為經時太久了，也不再記憶得，因此，我們又重找來了那遊吟詩人，從頭唱了一次，所以我們自信得過是再不會有多大錯誤的。

還有一點，特要對讀者說明的是，當讀這首歌的時

候，最好出聲唸出來，並盡可能地把牠土白話化。因為，
我們對於字句，雖然費了極大的努力，標示了應讀的音，
可是終為工具不備所罹，仍不能教人稱意。

（宮安中七月卅日記）

唱出辛酉[6]一歌詩：

臺南府孔道臺[7]上任未幾時，

唐山[8]庫銀猶未到，

發餉也無錢。

就召周維新[9]來商量、來參議。

周維新來到此[10]，

6　〔原註〕辛酉：西曆一八六一，咸豐末年同治元年。〔編按〕此說有誤，
　　辛酉冬戴潮春起事時，應為 1862 年初。

7　孔道臺：孔昭慈，1794-1862，山東曲阜人，進士。咸豐 4 年攫臺灣府知府，
　　咸豐 8 年陞臺灣道，加按察使銜，兼督學政。戴潮春事變起，領兵馳抵
　　彰化，城陷，仰藥殉於文廟前。諡剛介。

8　〔原註〕中國本土俗謂唐山。

9　周維新：道光 29 年己酉拔貢，徐宗幹之門生。參見《福建通志臺灣府‧
　　選舉》。

10　〔原註〕此：讀「只」。〔編按〕此：tsí，這裡。

雙腳站齊跪完備：

「道臺召我啥代誌[11]？」

孔道臺開言就講起：

「周維新，我問你。

我今上任未幾時，

唐山庫銀猶未到，

要發餉也無錢。

未知周維新啥主意？啥計智[12]？」

周維新跪落稟因依[13]：

「稟到道臺你知機[14]，

現今府城[15]富戶滿滿是，

大局[16]設落去[17]，

八城門[18]出告示，

---

11 〔原註〕代誌：事情也。〔編按〕代誌：tāi-tsì，事情。

12 計智：kè-tì，計謀、計策。

13 〔原註〕因依：因由也。〔編按〕因依：in-i，原因。

14 知機：tsai-ki，預知先機，預先知道事情發展的徵兆。

15 府城：臺灣府城。乾隆 53 年林爽文事件之後，改建為土城。

16 〔原註〕大局：像現在之街役場。〔編按〕大局，即「釐金局」。《臺灣通史・經營紀》：「咸豐 11 年，設全臺釐金局，歸兵備道管理。」

17 落去：lôh-khì，下去。

18 八城門：臺灣府城，周二千五百二十丈，計一十二里；堞口三千九百六十八。城門八，曰大東、小東、大西、小西、大南、小南、大北、小北。

大爿[19]店扣[20]二百，

小爿店扣百二，

大擔頭[21]扣六十，

小擔頭扣廿四，

若是開[22]無夠，

八城門的豬屎擔，

一擔扣伊六個錢來相添。」

孔道臺聽著笑微微[23]，

荷老[24]周維新好計智：

「咱今大局設落去，

局首[25]應該著給你。」

孔道臺烏令[26]出一支，

交代周維新親名字：

參見《臺灣府輿圖纂要・城池》。

19 爿：pîng，間、家，計算店鋪的單位。

20 〔原註〕扣：微收也。

21 擔頭：tànn-thâu，擔子、攤販。

22 開：khai，花錢。

23 笑微微：tshiò-bi-bi，笑瞇瞇。

24 〔原註〕荷老：稱讚也。〔編按〕呵咾：o-ló，讚美、褒揚。

25 〔原註〕局首：大局之主事也。

26 〔原註〕烏令：委差所用的令旗。

「委你八城門貼告示。」

周維新烏令領一支，

八城門貼告示，

告示貼了盡[27]完備。

府城內五條街[28]五大姓[29]，

看見告示姦合鄙[30]。

就罵「周維新臭小弟！

孔道臺做官貪財利。

二人商量一計智，

要來剝削[31]百姓錢！」

五條街會來會去無為實[32]，

毒生[33]罷市二三日。

---

27 〔原註〕盡：讀「樵」。〔編按〕齊：tsiâu，全部、皆。

28 五條街：五條港，在府城大西門外，由北而南分別為新港墘港、佛頭港、
　南勢港、南河港、安海港。「港」是可供人貨通行的水道。即今臺南市
　中西區。

29 五大姓：劉家謀《海音詩》：「大西門外五大姓，蔡姓最多，郭姓次之，
　黃、許、盧三姓又次之；并強悍不馴，各據一街，自為雄長。」

30 〔原註〕姦合鄙：咒詛也。〔編按〕姦、鄙，皆為罵人的詞語。合：kah，和、
　與。

31 〔原註〕剝削：讀「比澀」。〔編按〕剝削：pí-sip。

32 〔原註〕無為實：無聊賴也。

33 〔原註〕毒生：音タウラン，發脾氣也。〔編按〕挵羼：tùh-lān，生氣、不爽。

總理³⁴大老有主意，

焄³⁵著眾百姓，

鬧動三家行³⁶石慶里。

石慶里的頭家聽一見就問：

「百姓鬧采采³⁷，

鬧我這三家行啥代誌？」

總理老大說因依：

「說給三家行頭家得知機，

就恨周維新這個臭小弟，

孔道臺做官貪財利！

二人商量一計智，

要來剝削百姓錢！」

頭家聽見氣沖天，就罵：

「周維新無道理！

恁今二人想了一計智，

剝削百姓人的錢。

---

34 〔原註〕總理：像現在的區長。

35 焄：tshuā，帶、領。

36 〔原註〕家行：商行也。家：讀「郊」。〔編按〕家：kau。

37 〔原註〕采：讀「猜」。〔編按〕鬧采采：nāu-tshai-tshai，場面熱鬧、熱烈。

好！將這周維新活活扐[38]來打半死。

有事三家行替恁來擔抵[39]。」

眾百姓聽著極呆呸[40]，

褲腳攏離離[41]，

長短刀插二三支，

頭鬃螺[42]結得硬緊緊[43]。

緊緊行[44]緊緊去：

行到大西門媽祖樓[45]來爲止。

周維新不知機，

離笆門開到離離離[46]。

眾百姓會齊[47]跳入去——

周維新注得未該死，

---

38 扐：lik，抓、捕。

39 〔原註〕擔抵：擔當也。〔編按〕擔抵：tam-tí。

40 〔原註〕呆呸：不好惹也，當做「頑強」解。〔編按〕呆呸：pháinn-phuì，歹面、起呸面，臉色變得很難看、翻臉。

41 攏離離：láng-lī-lī，褲管全部都往上拉。

42 〔原註〕頭鬃螺：將辮子豎成螺形也。

43 〔原註〕緊緊：讀「見見」，土音，做「結實」解。

44 緊緊行：kín-kín-kiânn，趕緊走、趕快走。

45 媽祖樓：媽祖樓天后宮，乾隆 20 年創建，位於哨船港南岸，即今臺南市中西區忠孝路。

46 離離離：lī-lī-lī，完全的、徹底的。

47 會齊：huē-tsê，會合、會同。

加老哉[48]！百姓不捌[49]伊，

被伊逃身離，

逃去豐振源安身己[50]。

百姓上厝頂，撤[51]厝瓦。

落下腳，撟[52]階簷[53]。

提店窗，撤門扇。

粗傢伙[54]幼傢伙搶了多完備。

伊[55]某屎桶洗清氣，煞[56]提去。

周維新刣[57]無著，

百姓氣得搖頭合[58]擺[59]耳。

48　〔原註〕加老哉：幸也。〔編按〕加老哉：ka-ló-tsài，好佳哉、幸好。

49　〔原註〕捌：讀「八」，認識也。〔編按〕不捌：m̄-bat，不認識。

50　安身己：an sin-kí，安置、保護自己。

51　撤：thiah，拆除。

52　撟：kiāu，用工具扳動或移除。

53　〔原註〕階簷：讀「吟錢」，土音，階沿也。〔編按〕砛簷：gîm-tsînn，舊式房子屋簷下的臺階。

54　傢伙：ke-hué，財產。

55　〔原註〕伊：讀「因」。

56　煞：suà，順便、一併。

57　刣：thâi，殺。

58　合：kah，和、與。

59　〔原註〕擺：讀「拌」，土音。

× × ×

這事破了離[60]。

孔道臺便知機，

心肝內假無意，

要去鹿港街福開舍[61]慶昌寶號算帳要討錢。

遇著林鎮臺[62]北巡猶未去。

就請林鎮臺近前來，

相參詳相參議：

「啓稟林鎮臺你知機，

我今替你北巡要來去，

未知林鎮臺啥主意？」

林鎮臺聽見笑微微：

「我北巡，委你去。」

孔道臺聽著心歡喜，就叫：

---

60 了離：liáu-lī，了離：liáu-lī，用於句尾，爲完全之意；此指事情全部搞砸了。

61 舍：sià，對富人子弟或有地位者的尊稱。

62 林鎮臺：林向榮，福建同安人。咸豐 9 年任臺灣道總兵；戴潮春事變起，
　率兵三千前往府治，大敗盡沒。後退守鹽水港，進軍斗六門，被圍援絕，
　自殺身亡。參見《臺灣通史・戴潮春列傳》。

「金總[63]！吩咐你，

民壯[64]替我加倩[65]三十二，

隨我上頂縣[66]，好來去。」

× × ×

辛酉年，二月十一早起天分明。

地炮響來二三聲，

正是道臺點兵要起行。

一日過了一日天，

來到諸羅[67]延遲不敢來提起。

跳起來，一下見，

鹿港市百姓鬧熾熾[68]，

---

63 金總：金萬安總理林明謙。吳德功《戴施兩案紀略》：「金萬安總理林明謙保薦林日成（即戇晟）帶勇四百名、阿罩霧林奠國帶勇六百名，隨日觀勤辦。」

64 〔原註〕民壯：民間之丁壯者，所以爲護衛也。

65 倩：tshiànn，聘雇、招募。

66 頂縣：tíng-kuān，府城以北的行政區，即嘉義縣、彰化縣、淡水廳、噶瑪蘭廳。

67 〔原註〕諸羅，即今之嘉義也。

68 〔原註〕熾熾：熙熙嚷嚷也。

喝[69]搶鹿港市，

百姓嚷挨挨[70]，

喝搶鹿港街。

孔道臺看一見，

十分心驚疑，

不知[71]因爲啥代誌？

就召土城[72]理蕃大老來參詳、來參議。

理蕃大老來到此，[73]

雙腳站齊跪完備：

「道臺召我啥代誌？」

孔道臺就問起：

「理蕃大老我問你，

我看恁鹿港市百姓鬧熾熾，

---

69 喝：huah，大聲喊叫。

70 〔原註〕挨挨：擁擠也。

71 〔原註〕不知：讀「m-tsai」。

72 土城：鹿港水師駐地，位於板店街東南，即今鹿港鎮中山路南段。日治
　　時期爲鋪設糖廠鐵路，拆除土城改爲鹿港火車站。

73 理蕃大老：北路理番鹿仔港海防捕盜同知，時爲殷紹光。蔡青筠《戴案
　　紀略》：「鹿海防分府殷紹光官囊甚裕，平日頗事貪婪；見彰城失守，
　　即思遁去。局紳挽留，勸以維繫人心。及軍事孔亟，又慳吝無一錢犒賞；
　　更嚴召內勇，爲防內署。」

因爲啥代誌？

從頭實說我知機。」

理蕃大老就應伊：

「啓稟道臺你知機，

爲此同治君[74]坐天要狼狽，

頂縣眾百姓格空[75]要反招那天地會。

你知大會的招起？

四張犁[76]、水西庄、王田、大肚、犁頭店[77]、貓霧
沙[78]，

彰化連海口十二班：

會會有十一班，

會來會去攏總是：

大會招來小百千，

---

74 同治君：同治帝。載淳，1856-1875，清朝入關以來第八位皇帝，廟號穆宗。

75 〔原註〕格空：吹牛也。〔編按〕格空：kik-khang，激空。裝腔作勢、誇
口說大話。

76 四張犁：原屬彰化縣揀東下堡，即今臺中市北屯區仁和、仁愛、仁美、
四民等里。雍正9年設貓霧揀巡檢署於此，戴潮春即四張犁人。

77 犁頭店：原屬彰化縣揀東下堡，即今臺中市南屯區南屯里。

78 〔原註〕沙，讀入聲。〔編按〕貓霧沙：Babusa，平埔族貓霧揀社。原屬
彰化縣揀東下堡，即今臺中市南屯區。

要扶大哥[79]戴萬生。」

孔道臺聽一見，

十分心驚疑！

　　　　×　　×　　×

隔轉冥[80]，翻轉[81]日，

二月十六早起天分明。

銃[82]聲響來二三聲，

就是道臺點兵要去彰化城。

彰化文武官員得知機，

出了西門外迎接伊。

你知彰化文武官員有多少？

數起來有五個：

79　〔原註〕大哥：反賊之稱號也。〔編按〕大哥：tuā-ko，老大，團體中的
　　領導人。
80　隔轉冥：keh-tńg-mî，隔天晚上。
81　〔原註〕轉：讀成「返」之土音。〔編按〕轉：tńg。
82　銃：tshìng，火鎗。

雷本縣[83]、馬本縣[84]、秋大老[85]、夏協臺[86]、高少爺[87]。

五人接伊入城去。

通批[88]內外委[89]巡城。

白石頂[90]無處可提起。

升堂坐落去。

孔道臺就講起：

---

83 雷本縣：雷以鎮，江蘇常州人，咸豐9年任臺灣縣知縣。同治元年，接高廷鏡之後，任彰化知縣，仍用戴潮春，而會眾滋蔓。戴潮春事起，「知縣雷以鎮持齋，身帶金剛經逃入菜堂倖免」。參見吳德功《戴施兩案紀略》。

84 〔原註〕此處何以有雷、馬二縣令，甚覺費解。〔編按〕馬本縣：馬慶釗，四川成都人，監生。咸豐7年署淡水廳同知。彰化縣城破，「前任知縣高廷鏡、馬慶釗，潮春書『清官放回』四字送之」。參見吳德功《戴施兩案紀略》。

85 秋大老：秋日覲，字雁臣，浙江山陰人，副貢生。咸豐8年署淡水廳同知，同年改任彰化知縣；咸豐11年再任淡水廳同知。戴潮春事件起，率林日成、阿罩霧林奠國剿辦，至大墩時林日成反叛，秋日覲手持雙鐧力戰而死。參見《淡水廳志》。

86 夏協臺：夏汝賢，四川廣安州人。道光28年護竹塹北路右營遊擊，後署北路協副將。初，戴潮春家巨富，世爲北協署稿書，夏汝賢以貪酷聞，羅織其罪，肆意勒索。戴卸職回家，遂激起民變。戴潮春攻打彰化縣城，夏汝賢守禦南門，城陷引兵巷戰，力竭自盡，一家亦受辱而死。參見蔡青筠《戴案紀略》。

87 高少爺：高廷鏡，咸豐11年任彰化知縣，同年冬下鄉辦事，戴潮春執莊棍以獻，夏汝賢疑忌，索賄不從，戴潮春革退伍籍。同時，免彰化知縣，由雷以鎮接任。參見林豪《東瀛紀事》。

88 〔原註〕批：信也。〔編按〕通批：thong-phue，通信、通知。

89 〔原註〕內委、外委：很小的武職。

90 〔原註〕白石頂：營務處差官的頂戴。

「爲此戴萬生這個臭小弟，

招那天地會，

就是謀反的代誌。

兩邊文武滿滿是，

誰人敢辦伊？

取伊首級來到此，

行文再賞頂戴來厚[91]伊。」

夏協臺聽一見，

較緊跪落去：

「啓稟道臺你知機，

這事看不破，

不可去辦伊。

不如寫批去厚戴萬生得知機，

叫伊大會莫[92]講起，

會庄行路較誠意；

再[93]召戴萬生來彰化，

---

91 厚：hōo，給予。

92 〔原註〕莫：讀「マイ」。〔編按〕莫：mài。

93 〔原註〕再：讀「過」。〔編按〕再：koh。

做了果公[94]來延遲。」

秋大老聽極呆呸，

雙腳站齊跪完備：

「啓稟道臺你知機，

彼當時，忝虎晟[95]合林有理[96]，

前後厝[97]，站置拼[98]，

我都敢辦伊，

爲此戴萬生小姓[99]只家己[100]，

況兼白旗[101]置[102]驚伊，

---

94 〔原註〕果公：餉官也。

95 忝虎晟：林日成，性粗率，人稱「戇虎晟」，四塊厝莊人。同治元年隨淡水廳同知秋日覲出兵平亂，反戈相向，殺秋日覲於大墩。同年夏，與戴潮春攻阿罩霧不克。後入踞彰城，自稱千帥；兵敗大甲，回歸四塊厝。同治4年林文察率軍擒斬林日成於四塊厝。參見吳德功《戴施兩案紀略》。

96 林有理：林文察，字密卿，阿罩霧莊人。咸豐元年爲父仇，與弟林文明殺林和尚，後赴彰化縣衙自首。咸豐8年以游擊分發福建，一路擢升，同治2年任福建陸路提督，率軍渡海平戴潮春事變。後再率臺勇赴閩，參與征剿太平軍，在漳州戰歿，諡剛愍。參見《臺灣通史·林文察列傳》。

97 前後厝：阿罩霧林家分爲頂厝、下厝。吳德功《戴施兩案紀略》：「林帥與林晟本係同宗，前因前後厝相併，械鬥數年，不能相下。」然《臺灣通史》、《臺灣霧峰林氏族譜》皆以林日成爲四塊厝莊人。

98 〔原註〕站置拼，在爭鬭也。

99 小姓：siáu-sènn，人數較少的姓氏宗族。《臺案彙錄己集》：「漳泉各屬，異族有大姓、小姓之分，同族有強房、弱房之別。」

100 只家己：tsí ka-kī，只有他自己。

101 〔原註〕白旗：官軍旗幟也。

102 〔原註〕置：在也。

此人不敢去辦伊，

委咱做官是卜呢[103]？」

孔道臺聽著笑微微，

烏令出一支，

交代秋大老、夏協臺二人親名字：

「這事委恁辦，

若是取了戴萬生的首級來到此，

給[104]恁行文賞頂戴來厚你。」

×　　×　　×

秋大老、夏協臺烏令領一支，

出了彰化縣衙口，

來到魁星樓[105]。

103　〔原註〕卜呢：何用也。〔編按〕卜呢：beh-nî，欲呢，疑問的語氣，幹嘛的，
　　　做什麼的。「卜」爲「欲」之異體字。

104　〔原註〕給：讀「加」。〔編按〕共：kā，給。

105　魁星樓：即嘉慶3年胡應魁於縣衙所建之太極亭，嘉慶16年楊桂森重
　　　修後改名爲豐樂亭。林豪《東瀛紀事》：「彰化東門有八卦樓，相傳前
　　　邑令楊桂森所建。嘗讖云：『八卦樓開，必有兵災。』故門閉十餘年，
　　　後有某令強啓之，不匝月而彰象分類械鬥，令仰藥死。民愈神楊令之説。
　　　至是戴逆捏造讖文，密置樓下，使人掘得之，詐稱楊令遺讖，其語云：『雷

本農[106]百姓就懺語[107]：

「雷鳴[108]秋會止，

秋鳴漓[109]淋漓，

三月十八破大墩[110]，

大小官員會攏死。」

孔道臺聽一見，心驚疑，

就召四塊厝[111]恁虎晟：

「吩咐你，民壯給我加[112]倩四百名，

保了秋大老、夏協臺，

二人到大墩總未遲。」

恁虎晟民壯倩完備，

從天地起，掃除乙氏子，夏秋多湮沒，萬民靡所止。』按洪範傳所謂詩
妖，殆此類也。」

106 〔原註〕本農：不詳。〔編按〕本農：以農為本業者，意謂農人，可代
指庶民。《劉銘傳撫臺前後檔案》載有：「庶民以農為本，農事以牛為
先。」《潛夫論》曾謂：「寬假本農，而寵遣學士，則民富而國平矣。」

107 懺語：tshàm-gí，讖語，預測災異吉凶的言論。

108 〔原註〕鳴：讀「陳」，土音。〔編按〕陳：tân。

109 〔原註〕上「漓」：讀「累」。〔編按〕累：luī，堆積。漓淋漓：屍體
堆積如山，四處血流成河。

110 〔原註〕大墩：臺中也。

111 四塊厝：原屬彰化縣揀東下堡，即今臺中市大雅區四德里、二和里。林
日成即四塊厝莊人。

112 〔原註〕加：讀「雞」。〔編按〕加：ke。

保了秋大老大墩去。

紅旗¹¹³聞知機，

將過大墩圍到彌彌彌¹¹⁴。

挑夫挑擔扐到割耳鼻，

刈到大舞空¹¹⁵：

二林官府拿到刈頭鬃¹¹⁶。

有的刣無死，

放伊歸去府城¹¹⁷合嘉義。

田頭仔李仔松上陣上驚死：

保了夏協去卜¹¹⁸阿罩霧¹¹⁹安身己：

連累協臺一條生命自盡死。

怹虎晟看見不是勢¹²⁰，

就四百名抽返去，

---

113 〔原註〕紅旗：戴萬生之旗號也。
114 〔原註〕彌：讀「棉」，土音，密也。
115 〔原註〕大舞空：大孔也。
116 頭鬃：thâu-tsang，可以梳辮子的長髮。刈頭鬃，意謂殺頭。
117 〔原註〕府城：臺南也。
118 卜：beh，要去。
119 阿罩霧：原住民語「Ataabu」，原屬彰化縣貓羅堡，即今臺中市霧峰區。
　　平定戴潮春事件之林文察、林文明、林文鳳、林奠國皆阿罩霧莊人。
120 勢：sè，情勢、局面。

逆[121]生豎紅旗。

$\times\quad\times\quad\times$

你知大敦〔墩〕焉怎[122]敗？

正是貓仔旺[123]內壯勇[124]，

內裡叛出來，

才會此[125]大敗。

秋大老死了未幾時，

天頂[126]落了二滴仔[127]邅邅雨，

百姓經體[128]是置流目屎。

「天地」承勢遍地起。

121　〔原註〕逆：宜孕切，使性也。

122　焉怎：án-tsuánn，怎麼、怎樣。

123　貓仔旺：文獻皆作「貓仔鹿」。林豪《東瀛紀事》：「優人貓仔鹿者，
　　逸其姓，爲秋司馬家丁，甚見寵用。大墩之潰，鹿首先斫斷秋丞首級以
　　獻戴逆，逆驚悔，然已無如何。」

124　〔原註〕內壯勇：衛兵也。

125　〔原註〕此：讀「隻」，土音，這樣也。

126　天頂：thinn-tíng，天上。

127　二滴仔：nñg-tih-á，不多、少少的。

128　〔原註〕經體：誚皮也。〔編按〕經體：king-thé，佛教語，「經宗」爲
　　經典之宗旨，「經體」爲經典之經文。本句意謂民眾把下雨的現象，解
　　釋爲上天在流眼淚。

頂合下[129]，合共廿一起。

戴萬生馬舍公[130]外看一見，

「這就巧，這就奇！

我也無通批，

頂、下縣四散攏總是紅旗。

該是我戴潮春的天年！」

怂虎晟大哥跳勃勃[131]，

大肚加投[132]大哥趙憨、陳仔物，

——陳仔物頂有詼[133]，

北勢湳[134]、萬斗六[135]、番仔田[136]，

---

129 頂合下：tíng kah ē，頂縣和下縣，意謂全臺灣。

130 〔原註〕馬舍公：靴鞋商之祖師也。此處想係馬舍公廟外。〔編按〕馬舍公廟：原在大墩街北方，1919 年改建爲「臺中第二尋常高等小學校」，即今臺中市光復國小。廟址遷移後改稱「順天宮輔順將軍廟」，今在臺中市中區。

131 〔原註〕勃：讀「咄」。

132 加投：茄投，原屬彰化縣大肚堡，即今臺中市龍井區龍東、龍西、竹坑、田中等里。陳仔物，即「陳鮒」。林豪《東瀛紀事》：「茄投大姓陳鮒爲一方巨猾，稱僞元帥，與僞將軍陳梓生、陳狗母、趙慧、劉安等據茄投大肚溪以應賊。」

133 詼：khue，詼諧、有趣。

134 北勢湳：原屬彰化縣北投堡，即今南投縣草屯鎮北勢里、中原里。北勢湳莊北隔烏溪與萬斗六莊相鄰。林豪《東瀛紀事》：「水沙連殷户洪叢，家北勢湳，山溪險僻，戴逆以爲僞元帥。」

洪上流、洪狗母、洪老番、洪仔讚、洪仔花。

洪家大哥上格空，

扶出小埔心[137]姓陳大哥啞口弄[138]。

啞口弄做大哥，

連海人喊罪過[139]。

　　　　　×　　×　　×

戴萬生三月十九點兵攻彰化。

要攻彰化城大哥人頂多，

數起來有十個：

戴瑞華、大箍[140]英、羅文、羅乞食、甘過、貓仔義、

高福生、林順治、謝文杞、一隻賴老鼠。

---

135 萬斗六：原屬彰化縣貓羅堡，即今臺中市霧峰區萬豐、舊正、峰谷、六
　　股等里。

136 番仔田：原屬彰化縣北投堡，即今南投縣草屯鎮新豐里。

137 小埔心：原屬彰化縣東螺西堡，即今彰化縣埤頭鄉合興村。

138 啞口弄：陳弄。林豪《東瀛紀事》：「小埔心巨族陳弄，諢號啞狗弄，
　　性悍而駿，喜招納亡命，一時劇盜、羅漢多歸之；至是豎旗應賊，稱偽
　　大將軍。」

139 〔原註〕罪過：讀「坐掛」。

140 大箍：tuā-khoo，肥胖。

十個大哥要攻彰化一城池。

要攻置煩惱，

城內王仔萬[141]會香[142]講好好。

人馬緊行緊大堆，

彰化東門城，

免攻家己[143]開。

戴萬生入城，

要刣管府[144]合民壯。

百姓荷老好。

大哥出令要拿金總、馬大老。

小年人[145]上[146]格空，

拿到金總刈頭鬃。

---

141 王仔萬：王萬。「會香」事見林豪《東瀛紀事》：「奸民王萬等七、八
　　人與兵勇角鬥於市，為官軍所執，大狗仍保令帶勇守城以贖罪。……王
　　萬既帶勇乘城，遂與衙役陳在、何有章等與賊通，為內應。二十日，開
　　門引賊入，呼於眾曰：『如約內之人，各人頭髮及門首爇香為號者不殺。』
　　百姓皆具香案迎賊。賊黨乃備鼓吹，迎戴逆入城。」

142 〔原註〕會香：當時間牒〔諜〕所用之暗號也。〔編按〕《嘉義管內采
　　訪冊》：「同治元年二月間，彰化四張犁莊匪首戴萬生林晟、陳啞九弄等，
　　猖獗作亂，曰『會香』。」

143 家己：ka-kī，自己。

144 管府：kuán-hú，士兵，指當地的駐軍。

145 小年人：siàu-liân-lâng，少年人、年輕人。

146 〔原註〕〔原註〕上：最也。〔編按〕上：siōng。

刣了多完備，

百姓溜[147]出彰化這城池。

大哥腳手頂利害，

鎮南門烏窯仔大哥是邱在，

邱在鎮守南門兇兇兇，

鎮守北街王仔萬，

南街戴振龍。

何文顯、陳大忠[148]、葉虎鞭、戴老見、鄭春爺、鄭

玉麟、黃知見，眾大哥會齊要攻山。

犁頭店大哥是劉安，

——劉安跛[149]腳，上古博[150]，

下橋仔[151]大籤朝，

烏銃頭[152]大哥林賊仔谷，

---

147 〔原註〕溜：讀「ㄉㄠ」，去聲。

148 陳大忠：泉州人，妻蔡氏圓，善戰。因彰化城內漳、泉之分，與葉虎鞭
帶泉人出城降清。後隨林文察內渡，赴漳州征戰太平軍。此處似乎在說
稍後之葉虎鞭與黃丕建事。吳德功《戴施兩案紀略》：「適北投苿莊
生員洪鐘英解逆偽丞相莊天賜、員林街解偽將軍黃丕建，皆令斬首，葉
虎鞭與丕建結生死交，詣林〔文察〕請保，林帥不從。」

149 〔原註〕跛：讀「擺」。

150 古博：kóo-phok，閱歷豐富、博學老練。

151 下橋仔：原屬彰化縣拺東上堡，即今臺中市南區和平、福興、永興等里。

152 烏銃頭：原屬彰化縣拺東上堡，即今臺中市新社區復盛里。

王〔五〕城¹⁵³大哥楊目丁、吳文鳳，

觸口山¹⁵⁴吳草鵠，

塗牛¹⁵⁵大哥劉仔祿。

劉家大哥眞正興¹⁵⁶，

扶出小半天¹⁵⁷筍仔林大哥劉森根。

劉家大哥有主意，

扶出林谷、林雞冠¹⁵⁸、林棋盤，

——林棋盤上弱¹⁵⁹貨，

連叛二三回。——

林仔草、林仔義、張仔乖、張仔兔、陳墳、客婆
嫂¹⁶⁰，

---

153 五城：原屬彰化縣水沙連堡，即今南投縣魚池鄉。因包括銃櫃、水社、
　　貓嘮、司馬鞍、新城等五個村莊，稱爲「五城」。吳德功《戴施兩案紀
　　略》：「時水沙連劉參筋、五城吳文鳳應之，封爲僞將軍。」
154 觸口山：原屬嘉義縣斗六堡，即今雲林縣林內鄉。
155 塗牛：土牛，原屬彰化縣揀東上堡，即今臺中市石岡區土牛、德興、和
　　盛等村。
156 〔原註〕興：讀去聲。
157 小半天：原屬彰化縣水沙連堡，即今南投縣鹿谷鄉竹林村、竹豐村。
158 〔原註〕冠：與「髻」音義俱同。〔編按〕冠：kuè。
159 〔原註〕弱：讀「覽」。〔編按〕弱貨：lám-huè，軟弱無力的貨色。
160 客婆嫂：陳弄之妻，姓陳，客家人，綽號「無毛招」。林文察圍攻小埔心，
　　陳妻設計殺義軍首領羅冠英（東勢角人）。後陳弄被捕伏誅，陳妻自焚
　　殉死。

會香是嘉義。

會到刣狗坑，

林丁戶、林瑞林、林嵌、林仔攬、林仔用、林仔忠、

嚴辨[161]──嚴辨數來大花虎[162]──

啞口弄出陣好戰鼓。

江高明出陣給[163]人當[164]西虜[165]。

洪仔花出陣都是好伊某[166]。

大哥要出名，

數起來六隻的豬哥，二隻的豬母，一隻的烏龜：

楊豬哥、張豬哥、黃豬哥、賴豬哥、簡豬哥、羅

豬哥、嚴豬母、鄭豬母、一隻賴烏龜。

---

161 嚴辨：打貓人（今嘉義縣民雄鄉）。蔡青筠《戴案紀略》：「嚴辨本賊
　　中最悍惡者，前因嘉義，北路諸賊數萬人齊集，所需糧米軍資皆辦一人
　　苛派支給之，一紙所到，無敢違遲；故戴逆倚爲長城。」

162 大花虎：tuā-hue-hóo，仗著權勢風流、淫亂之人。

163 〔原註〕給：讀「厚」。

164 〔原註〕當：讀「蛛」，土音。

165 〔原註〕當西虜：做「當頭陣」解。

166 好伊某：hó in-bóo，好了他的妻子。意謂洪花出征，卻是洪妻揚名，因
　　爲洪妻更加驍勇善戰。丁曰健《治臺必告錄》：「第查洪族之中，洪欉、
　　洪璠固爲元惡巨憝，而臨陣拒敵、兇悍異常，則以在逃之僞元帥洪花夫
　　婦爲最。當首逆戴萬生攻陷斗六、疊圍嘉邑時，洪花同其妻李氏騎馬上
　　陣，當先揮殺，莫遏兇鋒，人所共憤。」

會齊困山城[167]。

四城門困落去，

竝無糧草好入去，

散凶人[168]餓到吱吱叫。

五個大哥巡城是女將：

大腳甚[169]、臭頭招[170]、女嬌娘、北社尾[171]王大媽、黃

大媽，

老人老篤篤[172]，

到底做事不順便。

要攻西門街大哥是嚴辨。

——嚴辨鎮守西門頂有誃，

鎮守東門陳竹林、陳竹城、鄭宗虎、大哥洪仔花。

---

167 山城：嘉義縣城，磚石城，道光 16 年建成。四城門名稱爲：迎春門（東門）、阜財門（南門）、性義門（西門）、拱極門（北門）。

168 〔原註〕散兇人：貧民也。

169 大腳甚：嚴辨之妻。林豪《東瀛紀事》：「嚴辨妻侯氏（一作魏氏，諢號大腳甚），流毒尤劇，辨頗憚之。」

170 臭頭招：陳弄之妻。林豪《東瀛紀事》：「陳逆有降意，其妻（姓陳，諢號無毛招）曰：『今日雖降，難免一死。與其俛首受戮，何如悉力抗拒以緩須臾耶？』」

171 北社尾：原屬嘉義縣嘉義西堡，即今嘉義市北湖、北新、保生、保安、保福等里。

172 〔原註〕篤：讀「鵠」。〔編按〕老篤篤：lāu-khok-khok，年紀非常大了。

——洪仔花鎮守東門上蓋[173]久，

鎮守南門角仔寮[174]徐和尚、黃和尚、賴大條、呂仔主，

大哥呂仔主格空拆王府。

拆了上[175]蓋會，

鎮守北門大哥何地。

數起來，打貓[176]姓何大哥更[177]較多，數起來十三個：

何竹聰、何仔守、何萬、何仔每、何竹林、何萬枝、何連城、何阿開、恙皆、吉羊、何忠厚、何錢鼠、何乞食。

十三個有主意，

鎮守一城池。

×　×　×

173　〔原註〕上蓋：最也。
174　角仔寮：原屬嘉義縣嘉義西堡，即今嘉義市安寮里、頂寮里、芳草里。
175　〔原註〕上：最也。
176　打貓：原屬嘉義縣打貓南堡，即今嘉義縣民雄鄉。
177　〔原註〕更：讀「過」。

頂縣報仔¹⁷⁸連連去，

入府內討救兵，稟到：

「林鎮臺你得知，

我為鎮臺透冥¹⁷⁹來。

破了彰化未幾時，

孔道臺走到蕃薯寮，

吞金來身死。

未知鎮臺啥主意？」

林鎮臺聽著氣沖天，

就召大小官員來參詳、來參議：

「大家點兵北社好來去！」

林鎮臺點出來，

人上多，點過精¹⁸⁰，

謝天星、蔡榮東放大銃¹⁸¹，

中竹窗九營¹⁸²兵，

---

178 〔原註〕報仔：偵探也。

179 透冥：thàu-mî，整夜、連夜。

180 過精：kuè-tsing，走精，失去了準度、走樣了。

181 大銃：tuā-tshìng，大砲。

182 九營：臺灣府戍守之陸師也。臺鎮三營、城守二營、北路二營、南路二營。
　　參見《臺灣南部碑文集成》。

先鋒隊林應清，

黃飛虎、林有財二人點兵好照應。

大營給伊呂仔主、吳仔墻來佔去。

盧大鼻、李大舍、紀涼亭，查某營順東舍，

有糧草來聽用。

大炮舍愛功勞做先行。

林鎮臺人馬行路稀稀稀[183]，

頭陣到了是邦碑[184]。

林鎮臺傳令著紮營，

有的夯[185]鋤頭，有的夯鑥仔[186]，有的負[187]布袋，

紮卜[188]是土營。

紅旗聞知機，

將這土營圍到彌彌彌。

嚴辨、啞口弄、戴振龍要出名，

---

183 稀稀稀：hi-hi-hi，稀稀疏疏。
184 邦碑：崩埤莊，原屬嘉義縣下茄苳北堡，即今臺南市後壁區菁豐里。
185 夯：giâ，扛，以肩舉物。
186 鑥仔：kùt-á，尖嘴的鋤頭。
187 負：hū，背負。
188 紮卜：tsat-beh，搭建出來的。

攻打邦碑大囤營¹⁸⁹。

攻來攻去無伊份。

大哥陳堂、陳玉春，

人馬駐紮白沙墩¹⁹⁰。

大會要豎旗。——

林鎮臺舉目看一見，

看見大會豎紅旗，

坐在中軍帳內暈暈慄〔慄〕¹⁹¹落去，

腳風透腸著病¹⁹²攏總起。

府城大府駕糧草，

押到大營口，

呂仔主、吳仔墻二人就搶去。

你知糧草是何物？

打開篏籠¹⁹³一下看，

正是：公餅、肉粽、花心魚。

---

189 大囤營：tuā-tún-iânn，大本營。
190 白沙墩：原屬嘉義縣白鬚公潭堡，即今臺南市後壁區新嘉里。
191 慄落去：lik--lóh-khì，突然無力而昏倒。
192 著病：tiòh-pēnn，得病、生病。
193 篏籠：háh-lâng，竹籠。

賊仔食了就喝咻[194]，

後壁寮[195]姓廖大哥大肚秋。

林鎮臺被伊一困[196]趕、一困去，

趕到邦碑大囷營安身己。

府城管府想計智，

要卜[197]糧草劏得著[198]，

爬出城，偷摘豆仔蕃薯葉，

被嚴辨腳手扐無著，

走入城，驚得屎尿流到滿草蓆。

　　　　×　　×　　×

一日攻到一日天，

攻到四月初七冥[199]，

大水雨落淋漓。

---

194 〔原註〕喝咻：吶喊也。〔編按〕喝咻：huah-hiu。
195 後壁寮：原屬嘉義縣下茄苓北堡，即今臺南市後壁區。
196 〔原註〕一困：一程也。
197 要卜：ài-beh，要、想要。
198 劏得著：bô-tit-tiòh，不能得到。
199 冥：mî，夜晚。

林鎮臺有主意，

傳令要溜營[200]，

溜營四散去，

有的假乞食，

有的背袈荐[201]。

林鎮臺走到田洋[202]看見一點火，

一困行、一困行，

走到火斗[203]邊跌一倒，

扙水雞[204]林阿義聽到腳步聲，

心肝內就著驚。

林鎮臺開言即講起：

「不免[205]扙水雞朋友你掛意[206]，

說起來，林向榮是我親名字。」

---

200 溜營：liu-iânn，棄營逃走。

201 〔原註〕袈荐：讀「加志」，乞丐所背之草袋也。〔編按〕袈荐：ka-
　　tsí。

202 田洋：tshân-iûnn，如海洋般一望無際的田野。

203 〔原註〕火斗：捕蛙者所用之灯籠也。

204 〔原註〕水雞：蛙也。

205 〔原註〕不免：m-ben，可免也。

206 掛意：kuà-ì，掛念、介意，內心不能釋懷。

林阿義念著親人代[207]，

盡忠合盡義，

火斗大膽就吹息[208]。

林鎮臺五十塊緊緊挣[209]厚伊，

「緊緊乇我安身己！」

林仔〔阿〕義聽著心歡喜，

乇伊去到鹽水港[210]安身己。

× × ×

四月初八早起天分明，

眾大哥點兵攻打邦碑大囤營。

大小銃打來響幾聲，

營內並無管府置著驚[211]。

好膽的走去看，

---

207 〔原註〕親人代：宗親之情份也。

208 〔原註〕吹息：讀「プゥンフア」。〔編按〕吹息：pûn-hua。

209 〔原註〕挣：讀「箭」，土音。〔編按〕挣：tsìnn，搢，硬塞給他。

210 鹽水港：原屬嘉義縣鹽水港堡，即今臺南市鹽水區。

211 〔原註〕置著驚：在吃驚也。〔編按〕置著驚：teh tiòh-kiann。

營內都空空，

正是林鎭臺溜營無半人。

有的侵入去，

扛大銃，拆布帆。

×　　×　　×

搶了都完備，

大哥會香要攻是嘉義。

要攻嘉義城，

大哥上蓋多，

數起來四十連七個。

要攻嘉義城大哥上蓋興[212]，

鱸鰻[213]嬌、鱸鰻丁、鱸鰻大哥人上有[214]，

蔡龍、蔡網、許輦份、陳貓豬、嚴仔魚、蘇界、

王草湖、蕭金泉、鐘仔幕、游坎、葉仔包、陳璉寶、

---

212 〔原註〕興：讀去聲。〔編按〕興：hin，興盛、盛大。

213 鱸鰻：lôo-muâ，流氓。

214 人上有：lâng-siōng-ū，人最多、有非常多人。

陳狗母、陳登順、朱登科、賴支山、葉超、陳明河、

張仔草、陳蕃薯、郭天生、郭友進。

豆茉井大哥陳得勝上蓋好，

諸羅山[215]南門街大哥賴仔葉、黃仔母。

——黃仔母無路用，

賴溪厝賴大頭、蔡四正，

這二人數來同起居[216]。

諸羅山北門街大哥雜透流[217]。

鹹魚成、章再生、童乩英、李仔智，

上尾口新店尾大哥黃貓狗。

——黃貓狗有主意，

柳仔林[218]大哥黃萬居。

黃萬居上凸風[219]，

扶出竹仔腳蕭勇、蕭義、蕭赤、蕭富、蕭天風。

蕭天風有主意，

---

215 諸羅山：原為平埔族「Tirosen」社名，此處指嘉義縣城，即今嘉義市。

216 同起居：tông-khí-ki，一同生活、一起長大。

217 〔原註〕透流：讀「タウ」、「ラウ」，去聲。烏合之眾也。〔編按〕透流：thàu-lâu，水流快速，代指流民。

218 柳仔林：原屬嘉義縣嘉義西堡，即今嘉義縣水上鄉柳林村、柳鄉村。

219 凸風：phòng-hong，膨風。吹牛、說大話。

扶出三大姓：黃、侯、陳，

侯宣爐、侯仔猛、侯搭、侯弄。

四十七人攻諸羅有跌打[220]。

× × ×

戴萬生彰化城點兵攻大甲。

要攻大甲城，

大哥上蓋多，

多罔[221]多，無路用，

放置大甲城內，

卜[222]造鉛子[223]袋，

林龜想、忢虎晟攻大甲，

忢虎城〔晟〕頭陣跌落馬，

爬起來頹頹頹[224]。

---

220 〔原註〕跌打：讀「シヤツバ」，奪勇也。〔編按〕跌打：siak-phah，順暢，
　　此指攻打順利。

221 罔：bóng，姑且、將就。

222 卜：beh，想要。

223 鉛子：iân-tsí，子彈、彈丸。

224 〔原註〕頹：讀「罪」，頹喪也。

城樓頂管府格怣話[225]：

「我[226]這大甲石頭城，

不驚四塊厝大哥林怣晟。

數起來三條巷，

只驚大〔小〕埔心[227]姓陳大哥啞口弄。」

啞口弄攻諸羅上艱苦。

頂縣戴萬生彰化喰飯三通鼓[228]。

戴彩龍攻諸羅喰大條蕃薯脯。

廖陳金出門總是花[229]查某。

——無人知，腳手出來講——

下沙里大哥陳仔訪。

×　　×　　×

眾大哥大家有主意，

---

225 格怣話：kik gōng-uē，假裝說傻話。

226 〔原註〕我：グワン，我們也。〔編按〕我：guán，阮。我們。

227 大埔心：原屬彰化縣武西堡，即今彰化縣埔心鄉東門、埔心、義民、油
　　車等村。但此處應作「小埔心」，陳弄出自小埔心，而非大埔心。

228 三通鼓：sam-thong-kóo，擊堂鼓壯威。

229 〔原註〕花：調戲也。

大眾要攻諸羅一城池。

攻到五月十一冥地大動[230]。

紅旗夯超超[231]，

少年家勃勃投[232]，

戰鼓叮噹喊，

人馬一困咻[233]、一困去，

咻到諸羅山東門來為止。

好大膽倒梯[234]移起去。

城樓頂官〔管〕府就看見，

大小銃打下多完備。

黃豬哥蓋龜精[235]，

喝搶西門街，得著錢。

心肝雜統統[236]，

---

230 地大動：大地震。林豪《東瀛紀事》：「5月11夜，地大震，城圯數丈。西門外土墻傾塌，守兵退入城。賊爭顧搶掠，百姓乘夜運木石填塞圯處，安礮據守。天明，賊不能入。」

231 〔原註〕超超：讀〔刺慶切〕，有勁也。〔編按〕夯：giâ，扛起、扛著。超超：khiàu-khiàu，往上翹起。

232 〔原註〕勃勃投：踴躍也。

233 咻：hiu，大聲喊叫。

234 〔原註〕倒梯：做「雲梯」解。

235 龜精：ku-tsiann，狡猾、老謀深算。

236 〔原註〕雜統統：硬塞也，做「慌亂」解。

要叛不敢講，

一手人馬點去依布〔千〕總[237]。

黃豬哥、吳仔墻蓋生神[238]，

相招叛二林[239]。

叛了都完備。

走出南門外合那嚴辨幹生死[240]，

一手人馬駐紮柳仔林安身己。

二人有主意，

走到鹽水港，

向林鎮臺領白旗，

順勢恿林鎮臺出來救城市。

一困恿、一困去，

恿到南門朱子祠，

遇到紅旗溜營剛即[241]離。

---

237 千總：林向日。林豪《東瀛紀事》：「林鎮堂弟千總林向日在廈門原籍
　　募親兵五百名到臺，兵勢復振。於是股首柳仔林黃豬羔、店仔口吳墻俱
　　請降。」

238 生神：lān-sîn，屬神。形容男性個性起伏大、不正經。

239 二林：總兵林向榮（即林鎮臺）、千總林向日。

240 〔原註〕幹生死：拼命也。

241 〔原註〕剛即：讀「門隻」，土音，剛纏也。〔編按〕門隻：tú-tsiah，拄才。
　　剛才、不久之前。

黃仔房、林仔義二人不驚死，

現此時同日置做忌[242]。

× × ×

林鎮臺紮諸羅，

六月起，紮到八月止。

廚房[243]上街去買菜，

聽著街頭巷尾百姓置偷會[244]：

「林鎮臺府內敢[245]是無可喰？

頂縣有紅旗，不敢去：

駐站諸羅山拿人摃番頭[246]，

渡飽[247]過日子。」

廚房聽著面仔紅炬炬[248]，

---

242 做忌：tsò-kī，在去世者的忌日擺放供品祭拜。此句意謂現在這兩人的忌
　　日在同一天。

243 廚房：tû-pâng，廚子、廚師。

244 偷會：thau huē，偷偷的談論。

245 〔原註〕敢：或也。

246 摃番頭：kòng huan-thâu，恐嚇取財。番頭，以人的頭型鑄造的貨幣。

247 渡飽：tōo-pá，餬口。

248 〔原註〕紅炬炬：愧色也。

不敢來應伊。

走返來，給[249]了鎮臺說透機[250]：

「我今下街去買菜，

聽著街頭巷尾百姓置偷會：

『林鎮臺府內無可喰，

頂縣有紅旗不敢去，

駐紮諸羅山拿扮人損番頭，

渡飯過日子。』」

林鎮臺聽著氣沖天，

就召黃飛虎、林有材二人來參詳、來參議。

令即「點兵就來去，

不可在這諸羅山，

百姓傳名合說聲[251]。」

黃林二人有主意，

點兵就齊備，

傳令就起行，

---

249 〔原註〕給：讀「加」。

250 透機：thàu-ki，詳細。

251 傳名合說聲：thuân-miâ kah sueh-siann，即「傳名說聲」，流言蜚語、四處批評。

來到石龜溪[252]、猴糞溝[253]、大丘園[254]來為止。

林鎮臺傳令要紮營，

說叫先生羅經[255]排落去。

排了離[256]，

離遠遠一個囝仔嬰[257]置喝喊：

「先生慢且是[258]，

這園是我[259]的，

要做風水[260]，

葬別處，即[261]合理。」

林鎮臺聽著氣沖天：

「咱是要來紮大營，

將咱做風水來計議[262]，

---

252 石龜溪：原屬嘉義縣他里霧堡，即今雲林縣斗南鎮石龜里。
253 猴糞溝：原屬嘉義縣他里霧堡，即今雲林縣斗南鎮將軍里。通常作「猴
　　悶溝」或「猴悶溝」。
254 大丘園：原屬彰化縣東螺東堡，即今彰化縣二水鄉大園村、修仁村。
255 羅經：lô-kenn，羅盤。
256 排了離：pâi liau-lī，完全擺好了。
257 囝仔嬰：gín-á-enn，小孩子。
258 慢且是：bān-tshiánn-sī，且慢、等一下。
259 〔原註〕我：讀「グワン」，我們也。
260 做風水：tsò hong-suí，為埋葬死者看風水選擇墓地。
261 即：tsiah，才、方始。
262 〔原註〕計議：議論也。

吉兆極呆[263]上無比[264]！」

說叫先生羅經來收起。

傳令更再征、更再去，

征到斗六來爲止。

被那張、廖大哥圍齊備。

你知張、廖大哥有多少？

數起來三十連七個：

廖清風、廖大耳，

大肚萬有主意，

廖仔黎、廖鯽兼、廖厲、廖有于、阿糞丑、廖談、

大舌寬，豎紅旗就喝是。

溪州底張仔泉、張順治、張撓嘴、張缺嘴、張三

顯[265]、張仔天。

張仔天做大哥無人知，

下崙仔大哥張仔開，

---

263 吉兆極呆：kiat-tiāu tsiok-pháinn，凶兆、非常壞的預兆。

264 上無比：siōng-bû-pí，完全沒有別的比得上。

265 張三顯：七十二莊總理。吳德功《戴施兩案紀略》：「〔同治 2 年〕僞
東王戴潮春逃竄武西堡，七十二莊張三顯說執而獻之，旋斬於北斗溪。」
3 年春 3 月，張三顯反。「林帥文察攻小埔心未下，兵勇抽回市仔尾，
搜緝餘黨。……張三顯爲其族人擄解，丁道〔曰健〕誅之。」

——張仔開頂凸風，

戴萬生轅門[266]鬍鬚東，

——鬍鬚東上格空，

洪仔花軍師柯大邦，

——柯大邦無路用，

廖談正先鋒，臭頭高主生，

——高主生頂溜鄙[267]，

西螺囝仔大哥名阿喜，

——阿喜做大哥上蓋賢[268]，

茄冬仔腳薛蟳蟶、李龍溪，

李龍溪有主意，

就共周仔賊說透機：

「林鎮臺被咱一日圍過一日天，

迄無糧草好入去，

通批南路遁勇[269]來到此。」

---

266 〔原註〕轅門：守門官、中軍也。

267 溜鄙：liù-phí，狡猾、卑鄙。

268 〔原註〕：賢：讀「ガウ」。〔編按〕賢：gâu，勢。能幹。

269 遁勇：tūn-ióng，屯勇，即「屯番」，歸化後設屯安置的原住民。蔡青筠
　　《戴案紀略》：「林向榮退守安溪寮待救。會綿雨，餱糧、火藥皆濕。
　　途窮援絕，所統屯番二百人遂生異心，通賊內應；林總兵殉節。」

八個遁勇來完備，

「大哥召我兄弟啥代誌？」

眾大哥就講起：

「林鎮臺被我一日圍到一日天，

也無糧草可入去，

給[270]恁勇通相知〔相通知〕，

教伊溜[271]，就好去，

營地厚我即合理。」

八個遁勇聽一見，

不敢來延遲，

走入大小營大家相通知。

來到大營給了林鎮臺說透機：

「咱這營內無糧草，

溜營就來去，

營地放厚伊。」

林鎮臺聽著氣沖天，

---

270 〔原註〕給：讀「加」。
271 〔原註〕溜：讀「リウ」。

「連這[272]遁勇也已叛了離！

總是生命著來死，

免被大哥扐去受凌遲。」

買要[273]一丸阿片煙，

提便便[274]自盡大先[275]死，

方免紅旗手頭錯誤受凌遲。

八個遁勇就看見，

看見林鎮臺吞煙置要[276]死，

布帆拆下來，

緊緊就扛去。

近來看，親像物[277]，

遠來看，親像呆子[278]豬窖[279]籠[280]大豬。

一困扛、一困去，

---

272 〔原註〕這：當「這些」解。

273 買要：bé-ài，想要、索要。

274 提便便：thèh-piān-piān，拿些現有、現成的。

275 大先：tāi-sing，第一個、頭一個。

276 置要：tih-beh，就要、快要。

277 親像物：tshin-tshiūnn mih，像個什麼東西。

278 呆子：pháinn-kiánn，不良少年、浪蕩子。

279 〔原註〕窖：讀「個」。〔編按〕豬窖：ti-kô，豬笱。搬運豬隻的籠子。

280 〔原註〕籠：讀「瀧」。〔編按〕籠：láng，關起來、套起來。

扛到斗六媽祖宮，

剩了一條的氣絲。

啞口弄看一見，

板尖刀就拔起，

屁股[281]破落去，

五孔[282]紅紅有可比，

可比米粉漏[283]的一理[284]。

頭殼給伊割了離，

順勢給伊就題詩。

題有四句詩：

「五祖[285]傳來一首詩，

不能露出這根機，

多望兄弟來指教，

---

281 〔原註〕屁股：讀「腳穿」，土音。〔編按〕尻川：kha-tshng，屁股。

282 〔原註〕孔：讀「空」，土音。〔編按〕孔：khang，洞。

283 米粉漏：bí-hún-làu，漏杓，多孔的杓子，用於煮麵食撈起時分離水分。

284 一理：tsit-lí，一樣的道理。

285 〔原註〕五祖：聞係道教之教祖，但其底細未詳。〔編按〕五祖：即「洪英」，天地會祭祀之神明。林豪《東瀛紀事》：「入會者謂之『過香』，每名納銀半元。過香之法，環竹爲城，城分四門，守門神將稱韓平、韓福、鄭田、李國昌。城中設香案三層，謂之花亭，上奉五祖，亦曰洪英。」

記憶當初子丑時²⁸⁶。」

　　　　×　　×　　×

林有理置唐山置做官。

探聽臺灣置反亂，

五人點兵過來要平臺灣。

數起來：

大、小曾²⁸⁷，吳撇臺²⁸⁸、王大人²⁸⁹、林有理。

五人置唐山，

點兵就起行。

臺灣陳大老、洪大老點兵伏²⁹⁰山城。

---

286 子丑時：子丑時陳弄殺林向榮。

287 大、小曾：曾玉明、曾元福。林豪《東瀛紀事》：「時稱玉明爲大曾、
　　元福爲小曾以別之。」

288 〔原註〕撇臺：於滿清似無此種官銜，諒是唱誤。〔編按〕吳撇臺：吳鴻源，
　　字春波，同安人。署福建水師提督。

289 王大人：王世清，直隸南和人，丙辰武狀元。蔡青筠《戴案紀略》：「冬
　　10 月，現任泉州陸路提督烏納思齊巴圖魯林文察（字密卿）以家屬在阿
　　罩霧，桑梓之邦情形熟識，故閩浙總督左宗棠令帶兵抵臺助勦；武狀元
　　王世清爲先鋒，餘部下屬員皆揀東及貓羅堡之人爲多，由帆船入麥寮港
　　紆途回本居阿罩霧。」

290 伏：hók，制伏、降伏。

伏了山城多賢〔黽〕勉[291]，

七十二庄[292]大哥張三顯。

張三顯做大哥頂靈精[293]，

伊兄張阿天得銀有三千，

要獻大哥戴萬生。

「賜你二粒暗藍頂[294]，順勢插花翎[295]。」

戴萬生獻去了，

伊兄有功反無功。

紅旗起衰微，

三顯生氣相招反青旗[296]。

反了都完備。

---

291 黽勉：bín-bián，勉勵、努力。

292 七十二庄：枋橋頭七十二庄，媽祖信仰圈。以枋橋頭天門宮為信仰中心，
　　信徒分布員林、社頭、田中、永靖、北斗、溪湖等七十二庄。枋橋頭，
　　原屬彰化縣武東堡，即今彰化縣社頭鄉橋頭村。

293 靈精：lîng-tsiann，慧黠、精明。

294 暗藍頂：àm-nâ-tíng，附藍色玉石的官帽，四品頂帶。

295 花翎：hue-lîng，清代官員帽頂插的孔雀尾。林豪《東瀛紀事》：「丁道
　　〔曰健〕懸賞令，得戴逆者官五品翎頂。於是三顯慇懃戴逆自首，許保
　　其孥。」

296 青旗：張三顯所用旗幟。林豪《東瀛紀事》：「〔同治〕3年3月，石
　　榴班降賊張三顯復糾陳魶、陳在、陳梓生、陳狗母、趙憨、洪叢、葉清、
　　葉中、王春等謀作亂，彰化城外市仔尾街及東北一帶餘黨俱應之，皆執
　　青旗為號。」

連累廖談小姨[297]生命白白死，

扐到寶斗溪[298]就射箭：

腳縫下著了二枝箭，

站置動動撎[299]。

眾人站置看，

元帥是蕭泉[300]：

蕭家元帥頂不通[301]，

伊後生[302]做元帥，

伊老父領令做先鋒。

╳　╳　╳

大、小曾做事有仔細，

---

297 小姨：sè-î，小老婆、側室。林豪《東瀛紀事》：「西螺股首廖談欲降，其妾蔡邁娘曰：『勢敗而背人，非信也。寧死於紅旗下，始瞑目耳！何為束手受戮乎？』每臨陣，策馬督戰，不避矢石。……乃駢誅之，暴其屍數日，目猶視。或製小紅旗覆其面，乃瞑。」

298 寶斗溪：pó-táu-khe，東螺溪，又名北斗溪。發源於濁水溪，至王功港入海。

299 〔原註〕撎：讀「戲」此音鼻化即得。〔編按〕撎：hìnn，幌。搖擺、晃動。

300 蕭泉：蕭金泉，武西堡關帝廳人（即今彰化縣永靖鄉），受封「三元帥」。參見林豪《東瀛紀事》。

301 不通：bô-thong，可可行、沒道理。

302 〔原註〕後生：兒子也。

令了丁太爺[303]押了戴萬生。

到了寶斗溪，

陳越司[304]扐來就刈肉，

簡豬哥煞落閘[305]。

眾大哥看著落閘喊罪過！

×　　×　　×

貓皆[306]輸賭[307]獻彰化。

獻了彰化都完備，

林有理點兵圍鄉里。

---

303 丁太爺：丁曰健，字述安，安徽懷寧人。寄籍順天。以舉人揀發福建。
同治元年春，彰化戴潮春起事；2年秋，巡撫徐宗幹奏簡曰健爲臺灣兵
備道，加按察使銜，會辦軍務。參見《臺灣通史・丁曰健列傳》。

304 陳越司：陳捷元，彰化縣南北投堡牛牯嶺莊人（即今南投縣名間鄉），
武生。時爲游擊，已非都司。林豪《東瀛紀事》：「〔戴潮春〕甫至
北斗，丁道〔曰健〕坐堂審問。春立不跪，且云起事者惟本藩一人，
與百姓無干。陳捷元自後以靴踢其足，拗其脛，使跪，猶出言不遜。
丁道叱令陳捷元推出斬之。元割肉啖之，以其兄一家三十餘口皆死於
亂也。」

305 〔原註〕閘：刑具也。〔編按〕落閘：lòh-tsàh：落下閘具，指殺頭。

306 貓皆：林貓皆，林日成之部將。吳德功《戴施兩案紀略》：「林大用投
大曾〔曾玉明〕營請降……戇晟所有箕斂財賄，運歸老巢，止留江有仁、
林貓皆等守彰化，其勢已孤。」

307 〔原註〕賭：讀「繳」。

點兵來起行，

要攻四塊厝大哥林恳晟。

攻來攻去無法伊。

賊星注伊要該敗[308]，

遇著陳厝庄[309]陳主星[310]封門孔。

大銃釘鐵丁，

內裡叛出來。

恳虎晟一見，駛合鄙[311]。

王阿萬拿話就應伊：

「不必元帥你掛意，

咱今烘爐火整齊備，

鉛子火藥佈落去，

大家總著死，不免被那狗官來凌遲。」

恳虎晟聽著心歡喜。

---

308 賊星該敗：tsha̍t-tshenn kai-pāi，爲惡者注定應該失敗，惡有惡報。

309 陳厝庄：陳厝厝，原屬彰化縣武西堡，即今彰化縣永靖鄉東寧村、永興村。

310 陳主星：陳梓生。吳德功《戴施兩案紀略》：「迨彰化既陷，晟等逃歸四塊厝。……晟疑梓生等有異志，防閒極密，門戶不得擅進。梓生連日身冒炮火，陰使人以鐵釘其大炮。」

311 〔原註〕駛合鄙：咒罵也。

　　兩邊大哥滿滿是，

　　一手牽大某[312]，

　　一手牽小姨[313]，

　　合了大哥置會議：

　　「這遭大家著來死，

　　不免被伊扴去受凌遲。」

　　小姨想要走出去，

　　恁虎晟想要去牽伊：

　　王仔萬看一見，

　　烘爐火踢落去：

　　「厚恁同齊死！」

　　恁虎晟燒無死，

　　燒得牙仔 gi[314]……。

　　被伊有理[315]來扴去，

---

312 大某：tuā-bóo，大老婆、正室。

313 小姨：蕭氏。吳德功《戴施兩案紀略》：「王萬知有變，入告。晟以火燃藥桶，砲聲雷轟。有蕭氏者，良家女被汙者，見火發走出。晟力挽而入，火藥已發，王萬等死黨及其妻妾皆血肉分飛。惟晟因挽蕭氏，火燒其面半黑，蕭氏無恙。」

314 〔原註〕gi：將「語」此音之母音ㄌ加以鼻音化則得，狀張嘴露齒之態也。〔編按〕硬：ngī，僵硬、僵化。

315 有理：林有理，即林文察。

勸到晟叔仔：

「退紅茶³¹⁶喰了離，

我救你生命即刣死。」

忝虎晟聽一見，

──彼當時前後厝站置拼，

因爲陳大忝這起的代誌，

那裡肯饒我的道理？

不如咬舌來身死。──

「要刣要割隨在你。」

忝虎晟死了都完備，

也著過刀³¹⁷即合理：

裂四腿四角頭³¹⁸去現示³¹⁹。

眾大哥弄空³²⁰就行動。

---

316 退紅茶：thuè-hông-tê，退癀茶，消炎、消腫的茶水。

317 過刀：kuè-to，砍頭。

318 四角頭：sì-kak-thâu，四處，到各地方去。林豪《東瀛紀事》：「晟與蕭
　　氏爲火藥所轟，颱出戶外，氣未絕，官軍執誅之，分其屍首爲六，以首
　　級函送邑城，其兩手兩足分寘被擾各處。」

319 現示：hiān-sì，出醜、丟面子。

320 〔原註〕弄空：乘隙也。〔編按〕閬空：làng-khang，趁著有空。

× × ×

大、小曾請令要攻小埔心大哥啞口弄。

先鋒隊羅仔賊[321]領令去攻伊，

攻來攻去無法伊。

啞口弄置竹城[322]內便知機，

就喊客婆嫂來到此：

「你將羅仔賊來打死，

賜你十二元白白來給你。」

客婆嫂聽著心歡喜，

手銃拿一支，

近來竹城邊，

打客話[323]給伊來說起：

「你小妹在這竹城內，

---

321 羅仔賊：羅冠英，字福澤，彰化東勢角莊人，義軍首領。蔡青筠《戴案
　　紀略》：「羅冠英亦當代猛將，溯起義以來，民軍立功推羅為首。大甲
　　之役，非羅據翁仔社之上流，未能操其勝算。乃功名未立，身攖毒手，
　　良不可惜！」後入祀昭忠祠，追贈忠信校尉。

322 竹城：tik-siânn，竹圍，防禦工事。種植刺竹，環繞為城。

323 打客話：phah-kheh-uē，用客家話。

艱苦佳易³²⁴兼利市³²⁵，

望你阿賊哥緊緊焉我出來去！」

羅仔賊聽著客婆聲，

心肝內就歡喜。

踏上砲臺頂來未幾時，

客婆嫂一門銃入有二粒子，

兇兇³²⁶就放去。

客婆嫂打銃上蓋會，

一門銃打去對對著二個：

頂不通，一個是元帥³²⁷，一個是先鋒。

文武官員看見羅仔賊被人來打死，

目屎落淋漓，

運棺就返去。

---

324 〔原註〕佳易，貿易極情也。易，讀也。

325 佳易兼利市：ka-iàh kiam lī-tshī，生意興隆、昌盛。

326 兇兇：hiông-hiông，突然、猛然。

327 元帥：王榮升。先鋒，羅冠英。吳德功《戴施兩案紀略》：「羅冠英悉力攻打，弄妻作粵語，誘以降意。英不知防，弄妻陰以鳥銃橫擊之，其徒數十人，皆中砲死。藍翎把總王榮升奮不顧身，力竭陣亡。兵勇死者甚多。」

激了[328]水城[329]來淹伊。

賊星注伊要該敗，

遇著監州[330]地理先[331]來到此。

說叫：「大人，喂[332]！

我看到啞口弄猴神來出世，

鼎簽穴[333]來起義，

將這土地公面頭前的地理，

掘溝敗落去，

不免攻，家己開離離。」

啞口弄打開多完備。

孩獃[334]十三庄搶了十一庄，

搶不夠，

深坑八庄搶七庄來湊。

---

328 激了：kik-liáu，水勢受阻而噴濺、倒灌。
329 水城：tsuí-siânn，引水入城。吳德功《戴施兩案紀略》：「〔陳〕弄死拒竹圍內，不能遮下。官軍以大炮擊破其屋，弄開地窟以避。官軍引水灌之，弄不能支。」
330 監州：kam-tsiu，官職名。
331 地理先：tē-lí-sian，風水師。
332 喂：--eh，呼喚別人的句尾助詞。
333 鼎簽穴：tiánn-kám-hiat，形似鍋蓋的風水地。
334 孩獃：hai-tai，強烈的、瘋狂的。孩，即「奅」，龐大的樣子。孩獃，即「大獃」。

大水汌汏[335]流，

百姓被大水漂流去。

人馬駐紮二潭墘[336]。

二潭墘劉仔賜上蓋富，

看見走反的苦傷悲，

一家厝扣卜〔欲〕五斤蕃薯簽，一斤鹽，

給那走反的煮。

× 　 × 　 ×

大、小曾要攻下縣呂仔主[337]。

呂仔主探聽知，

安排三千銀，連夜就起行，

---

335 〔原註〕汌：做「汜溢」解。〔編按〕汫溯：phîn-phông，原爲物體落
　　水的聲音，比喻水勢澎湃、水聲嘈雜。

336 二潭墘：潭墘莊，分爲頂潭墘、下潭墘。原屬彰化縣深耕堡，即今彰化
　　縣大城鄉潭墘村。

337 呂仔主：呂梓，南靖莊二重溝人（今嘉義縣水上鄉大侖村）。吳德功《戴
　　施兩案紀略》：「同治4年3月，賊渠嚴辦豎旗於二重溝，與呂仔梓復
　　謀倡亂，王新婦之母率眾應之。……夏4月，臺澎兵備道丁曰健遣知縣
　　白鷺卿、參將徐榮生、都司葉保國討嚴辦、呂仔梓於二重溝，擒斬嚴辦，
　　呂仔梓逃走，後爲蔡沙沉於海。」

去到布袋嘴[338]，

臭頭沙[339]面前逃生命。

臭頭沙看見呂仔主來到此，

心肝內十分暗歡喜，

大開宴席來請伊：

一面透冥[340]寫文書，

行到北港蔡麟淵親看見。

蔡麟淵看批暗歡喜，

人馬點齊備，

去到布袋嘴。

臭頭沙押大哥，

押了呂仔主到山城未幾時，

白太爺[341]昇堂就問伊：

「下縣呂仔主莫非你正是？」

---

338 布袋嘴：原屬嘉義縣大坵田西堡布袋嘴莊，即今嘉義縣布袋鎮。

339 臭頭沙：蔡沙，布袋嘴莊人，海賊。林豪《東瀛紀事》：「時有海賊蔡沙（諢號臭頭沙）所居海口名布袋喙，素與賊接濟。梓以家口寄沙處，沙善待之，誘梓同坐巨艇脫入海，邀至海邊，乃執而數之曰：『汝名投誠，實持兩端觀望。嚴辦爲擄之時，汝不引援，今唇亡齒寒，行將及我，皆汝貽之也。』遂沉之於海。」

340 〔原註〕透冥：連夜也。

341 白太爺：白鷥卿，河南河內人，時任嘉義縣知縣。

呂仔主預辨死³⁴²，

合伊³⁴³格硬氣³⁴⁴：

「你知我是呂仔主，

問卜³⁴⁵給我鄙³⁴⁶，

也不是？」

眾人站置看，

三哥³⁴⁷出來到，說叫：

「白太爺！呂仔主不免審問伊，

擬罪銅錢刈³⁴⁸！」

大家站置呼，

日頭未許午³⁴⁹，

---

342 預辨死：設想嚴辨已死。蔡青筠《戴案紀略》：「〔同治4年夏4月〕
　　官兵大集，四面環攻；嚴辨死拒銃樓，官兵以大礮炸倒銃樓，肉薄而進，
　　遂斬嚴辨。」

343 合伊：kah i，跟他、和他。

344 格硬氣：kik-ngī-khì，鬥氣、意氣用事。

345 問卜：mn̄g beh，問這個是要如何。

346 鄙：phí，輕視、瞧不起。

347 三哥：嚴辨。

348 〔原註〕銅錢刈：刑法之一。〔編按〕銅錢刈：tâng-tsînn-kuah，間隔一
　　文錢左右的距離，從身上割肉下來的刑罰。

349 〔原註〕許午：讀「ヒヤタウ」，尚未近午也。〔編按〕許午：hiah-
　　tàu，退晝。

刈到下半晡³⁵⁰。

×　×　×

呂仔主，嚴仔魚刈了都完備，
大小官員點兵回鄉里。
文官就賞兵³⁵¹，
武官就謝旗³⁵²。

×　×　×

遇著唐山行文來到此，
召要有理仔³⁵³去平長毛³⁵⁴的代誌。
有理仔接著旨意，
隨時點兵就要去，

---

350 下半晡：ē-puànn-poo，下午。
351 賞兵：siúnn ping，犒賞兵丁。
352 謝旗：siā kî，掩旗息鼓。
353 有理仔：林有理，即林文察。
354 長毛：tîg-mîg：太平天國。因其皆蓄長髮，故稱「長毛」。

給³⁵⁵伊小弟有田³⁵⁶相通知：

「若是敗兵³⁵⁷的代誌，

臺灣勇愛來去³⁵⁸。」

點兵緊如箭，

總³⁵⁹到漳州直直去。

╳　╳　╳

此歌是實不是虛，

留得要傳到後世，

勸人子兒不當叛反的代誌：

若是謀反一代誌，

拿來活活就打死：

不免官府受凌遲，

---

355 〔原註〕給：讀「加」。

356 有田：林文明，字利卿，阿罩霧人。林文察之弟。同治3年以剿滅四塊
　　厝林日成，升任副將。同治9年以謀反罪名被害於彰化縣堂。參見楊守
　　愚〈壽至公堂〉，《臺灣民間文學集》。

357 敗兵：pāi-ping，止戰。

358 愛來去：ài lâi-khì，必須得去。

359 總：tsông，快速前往。

田園抄去煞伶俐[360]。

一九三六、五、廿八

版本說明｜本詩發表於《臺灣新文學》第 1 卷 8、9 號，2 卷 1 號，1936 年 9 月、11 月、12 月。發表時署名「彰化楊清池」。本詩在敘述 1862-1864 年間的「戴潮春事件」，賴和的祖父賴知曾經參與其事，腰中流彈。參見散文〈我的祖父〉。刊本前文有楊守愚撰〈抄註後記〉，說明本詩初爲賴和抄錄之舊稿（約在 1926 年），後再經楊守愚謄抄、修訂，並由他們共同注解。原刊本所附註解皆加〔原註〕表示，若該條目有需說明或更正，則再加〔編按〕表示。本詩標記臺語讀音的方式並不一致，推測羅馬字與片假名比較可能是賴和採用，反切法與同音字或許是由楊守愚編寫。

《楊守愚日記》詳盡說明了本詩的採集過程，摘錄以供參考。1936 年 5 月 20 日載：「今日讀到賴和先生手抄的戴萬生反歌，覺得很不錯，要是再經潤飾，當可成爲一首好史詩，這，應該請賴先生幹下去，不過，有幾處當時不知怎的！竟沒抄下去，以致缺如。現在，唸這歌的柴坑仔丑又是死了，未免美中不足之憾。」5 月 24 日載：「今天拿戴萬生反歌，想去問賴和先生。他也以當時抄錄匆徨，一些

---

360 伶俐：líng-lī，乾脆。

代用字，日子過久了，他也忘記，並說要再請柴坑
仔丑來唸一遍。（據賴先生說柴坑仔丑尚生存著。）
這是多麼可喜的一回事呀。假如這一首長的史詩，
能夠完全地保留下來，不是很有價值麼？」5 月 26
日載：「戴萬生反歌，因乘柴坑仔丑來市內買月琴，
請他來唸，一些缺錄或誤抄的地方，也得以訂補了，
這真是一件快事。」

〔臺灣〕

稿本　無。

刊本　《賴和全集‧新詩散文卷》，頁 185。底本

臺灣　大臺灣

美麗的臺灣

這一片江山

不知開自何年

吾們的祖先

開墾盡[1]田土

驅逐去生蕃

被煙瘴所侵害

為蟲蛇所傷殘

駢首[2]怕要成山

流血想也成川

版本說明｜查無稿本來源。

1　盡：tsīn，全部的。
2　駢首：piân-siú，並排在一起的頭顱。

國家圖書館出版品預行編目(CIP)資料

新編賴和全集. 參, 新詩卷 = Sin-pian Luā Hô Tsuân-tsip /
　賴和作. -- 初版. -- 臺北市：前衛出版社；臺南市：國
　立臺灣文學館, 2021.05
　　面；　公分
　ISBN 978-957-801-933-1(平裝)

863.51　　　　　　　　　　　　　　110001907

新編賴和全集（參）‧新詩卷

作　　　者	賴　和
主　　　編	蔡明諺
執 行 編 輯	鄭清鴻
研 究 團 隊	許俊雅（小說卷）‧陳家煌（漢詩卷） 蔡明諺（新詩、散文、資料索引卷）‧呂美親（臺語文、日文）
審　　　訂	呂興昌‧李漢偉‧施懿琳‧黃美娥‧廖振富
導 讀 撰 寫	施懿琳（漢詩卷）‧許俊雅（小說卷） 蔡明諺（新詩卷）‧陳萬益（散文卷）
校　　　對	王雅儀‧鄭清鴻‧林雅雯
發 行 人	蘇碩斌‧林文欽
共 同 出 版	國立臺灣文學館‧前衛出版社

國立臺灣文學館
地址：700005 臺南市中西區中正路1號
電話：06-221-7201｜傳眞：06-221-8952
電子信箱：pba@nmtl.gov.tw
網址：www.nmtl.gov.tw

前衛出版社
地址：104056 臺北市中山區農安街153號4樓之3
電話：02-2586-5708｜傳眞：02-2586-3758
電子信箱：a4791@ms15.hinet.net
網址：www.avanguard.com.tw

封 面 設 計	Lucace workshop. 盧卡斯工作室
內 文 排 版	宸遠彩藝
印　　　刷	漢藝有限公司
著作財產權人	國立臺灣文學館 本書保留所有權利。欲利用本書全部或部分內容者，須徵求 著作財產權人同意或書面授權。 請洽國立臺灣文學館研究典藏組（電話：06-221-7201）
法 律 顧 問	南國春秋法律事務所
出 版 日 期	2021年5月初版一刷
總 經 銷	紅螞蟻圖書有限公司 地址：114066 臺北市內湖區舊宗路二段121巷19號 電話：02-2795-3656｜傳眞：02-2795-4100
展 售 點	國立臺灣文學館藝文商店（06-221-7201 ext.2960） 國家書店松江門市（02-2518-0207） 五南文化廣場（04-2226-0330）
GPN	1011000295
ISBN	978-957-801-933-1
定　　　價	新臺幣350元

Printed in Taiwan